나는 왜 산티아고로 도망 갔을까

SANTIAGO

나는 왜 산티아고로 도망 갔을까

이해솔 에세이

ETA BOOKS

Intro, 다시 떠나는 이유

"당신은 왜 이 길을 걷고 있나요?"

길 위에서 만난 순례자들이 서로에게 의례적으로 물어보는 질문이다.

누군가는 종교적인 목적으로 신의 존재와 기적을 바라며 걷고, 또 누군가는 마음의 상처를 치유하기 위해, 경험을 위해 걷는다. 이처럼 순례길 위에선 각자의 이유가 있을 뿐 정답은 존재하지 않는다.

나는 순례를 통해 나 자신을 제대로 마주하고 삶의 방향을 얻었다. 그런 의미에서 순례자란, '스스로의 정체성을 찾는 사람'이라고 정의하고 싶다.

나는 두 번에 걸쳐 순례길을 완주했다.

첫 번째 순례는 2014년에 부르고스Burgos부터 산티아고 데 콤포스텔라^{Santiago de Compostella}까지 500km를 걸었다. 2019년에는 생장 피에 드 포르^{Saint-Jean Pied de Port}부터 산티아고 데 콤포스텔라까지 다시 800km에 걸쳐 두 번째 순례길을 걸었다.

이 책은 두 번째 순례길 위에서 31일간 이어졌던 과정과 순례 이후 삶에서 직접적으로 일어난 변화를 담았다.

서른둘이 될 때까지의 내 삶은 부모님과 친구, 직장동료에게 그리고 사회에서 인정받기 위한 노력의 연속이었다. 돌이켜보면 인정 욕구에 대한 나의 집착은 아버지로부터 시작되었다. 자수성가로 성공하신 아버지는 항상 빠른 성공과 완벽성을 추구하고 자식에게도 비슷한 것을 주고 싶어 하셨다.

나는 그런 아버지와 다른 모습으로 당신께 인정받고 싶었다. 대학 졸업 후, 취업이 아닌 국내 대학원을 거쳐 미국 유학에 도전해보겠다 결정을 내린 것도 이러한 맥락과 닿아 있었다. 당시 미국 대학원 경영학 박사과정은 전액 장학금이 제공되는 경우가 흔했다. 그 발판이 되는 국내 대학원 석사 역시 조교로 근무하면 학비를 충당할 수 있었다. 그러나 아버지께서는 대학 졸업 후 안정적인 대기업으로 취업하지 않는 나를 이해하지 못하셨고 우리 사이의 갈등이 폭발했다.

갈등 끝에서 나는 아버지께 이렇게 말씀드렸다.

"아버지가 어려움을 딛고 만들어주신 울타리가 어떤 의미인지 알아요. 저는 그런 아버지를 존경합니다. 하지만 저는, 무엇이 있을지 모르지만 제가 겪지 못한 울타리 너머로 가보고 싶어요." 아버지는 한참 말씀이 없으시다가 "알았다, 열심히 해봐라"라고 답하신 뒤 방으로 들어가셨다.

나는 우여곡절 끝에 국내 대학원에 진학했지만 얼마 지나지 않아 아버지께서 갑자기 쓰러지셨다. 3년 반의 기나긴 의식불명 상태를 거쳐 아버지는 결국 돌아가셨다. 나는 그동안 얼빠진 사람처럼 국내 대학원 석사과정을 마쳤고 유학 대신 국제 NGO 인사부서의 직원이 되어 적응해 나갔다.

원래 계획과는 다른 삶이었지만 좋은 사람들과 신념을 추구할 수 있었고 내 가치와도 맞았다. 하지만, 어느 순간 공허함이 느껴졌다. 공허함의 근원은 지금껏 아버지께 인정받겠다는 일념으로 끌어왔던 삶에 대한 상실감이었다.

이제 나를 인정해줄 사람이 없었다.

입사 후 2년이 흐른 다음, 나는 나만의 시간이 필요하다는 걸 깨닫게 되었다. 아버지가 돌아가셨다는 사실을 충분히 받아들이고 슬퍼할 시간과 그동안 타인을 우선으로 살아오며 잃어버렸던 '나'를 찾는 시간이 필요했다.

대학 졸업 직전 다녀왔던 첫 번째 산티아고 순례 경험으로, 그곳에서는 충분히 나에게 집중할 시간을 가질 수 있다는 걸 알고 있었다. 2019년 여름, 나는 고민을 끝낸 후 퇴직 일자를 정하고 무작정 비행기 표를 끊었다. 그렇게 두 번째 산티아고 순례가 시작되었다.

순례길은 어떠한 자격도 요구하지 않는다.
실행력만 있다면 누구나 산티아고 순례자가 될 수 있다.
길 위에서는 모두가 평등하며 스스로 삶의 전환점을 만들어 낼 힘이 있다고 믿는다.

이 책이 불안 속에서 용기 내어 한 걸음씩 걸어갈 순례자들을 위한 작은 등불이기를.

이해솔

깨달음의 길 - 나에게 인정받는 길

고통의 길

혼자 걸어갈 힘을 얻다

Day 0 (19.06.09.) 전야

생장 피에 드 포르 Saint Jean Pied de Port

퇴사를 결정할 때 큰 용기가 필요했다.

이후로 좋은 방향이든 나쁜 방향이든 삶의 큰 변화가 있을 것이라는 직감이 들었다. 그때 프로스트의 〈가지 않은 길〉이라는 시가 떠올랐다. 프로스트도 길을 선택할 때는 순간의 확신과 한 걸음의 용기만 있었을 뿐이다. 그 선택의 끝은 아무도 짐작하지 못할 것이다. 나 역시 퇴사를 결정하고 순례 출발지인 생장 피에 드 포르^{Saint Jean Pied de Port}까지 갈 확신과 용기만 냈다. 그렇게 마음을 부여잡고 파리행 비행기를 탔다.

생장 피에 드 포르는 스페인과 프랑스의 국경 지역에 있다. 파리 몽파르나스^{Quartier Montparnasse} 기차역에서 바욘^{Bayonne}으로 기차를 타고, 바욘에서 다시 생장 피에 드 포르로 기차를 갈아타야 한다. 먼 길을 가야 했기에 새벽부터 몽파르나스역으로 가서 점심에 먹을 빵을 샀다. 기차를 타고 반나절을 보내니 오후 4시쯤 생장 피에 드 포르에 도착했다.

사람이 많은 경우, 순례자 사무실에서 등록을 위한 줄을 길게 서야 한다. 산티아고 순례자용 숙소를 통칭하는 알베르게^{Alberge}도 인기 있는 곳은 금방 마감되는 경우가 많다. 나는 운 좋게 이른 순번으로 순례자 등록을 마치고, 알베르게에 자리를 정한 다음 마을이 한눈에 내려다보이는 언덕에 올랐다. 내일 넘어갈 피레네산맥을 막상 떠올리니 두렵기도 하고 많은 생각이 들었다.

순례길은 보통 크게 3단계로 나눈다. 먼저 생장 피에 드 포르부터 부르고스^{Burgos}까지 300km를 고통의 길, 부르고스부터 레온^{Leon}까지의 200km를 명상의 길이라고 한다. 레온부터 산티아고 데 콤포스텔라^{Santiago de Compostella}까지 나머지 300km는 깨달음의 길이다.

2014년의 첫 번째 순례는 고통의 길을 제외하고 부르고스부터 시작하여 산티아고 데 콤포스텔라까지 500km만 걸었다. 좋은 한국인 그룹을 만나 고생도 거의 하지 않았다. 어느 정도로 운이 좋았냐면, 비를 한 방울도 맞지 않고 순례를 끝마칠 정도였다.

첫 번째 순례도 나름의 의미와 즐거움이 있었지만, 이번에는 꼭 고통의 길부터 시작해서 깨달음의 길까지 혼자 걷고 싶었다. 고생도 실컷 해보면 좋겠다는 생각도 들었다. 특히 저번 순례는 봄이었으나 이번에는 여름 순례다. 싫더라도 유명한 스페인의 폭염과 비를 충분히 겪게 될 터였다.

해가 져 어둑해진 동네를 한 바퀴 돌아본 후, 마을 성당으로 가서 촛불을 봉헌했다. 이번 순례에서는 고생을 실컷 하는 시간을 갖게 해달라고 기도했다.

본격적인 순례에 앞서 배를 든든하게 채우기 위해 마을 내 평점이 높은 식당으로 향했다. 순례 초반부인 이곳 생장 피에 드 포르부터 '순례자 메뉴'를 식당에서 판매한다. 순례자 메뉴란, 애피타이저, 메인 요리, 디저트와 와인 한 잔이 포함된 코스요리다. 10~15유로 사이로 즐길 수 있다. 서양인 기준으로도 많은 양의 음식이 제공된다. 스페인 전역 레스토랑에서 점심시간에 볼 수 있는 '메뉴 델 디아(오늘의 메뉴)'와 구성이 비슷하다. 즉, 런치 코스요리의 순례자식 저녁 코스요리라고 해석하면 된다.

많은 순례자가 아침을 거르거나 가볍게 해결한 후, 마트에서 점심으로 산 빵을 먹거나 카페에서 간단한 식사를 한다. 저녁에는 순례자 메뉴를 먹으며 영양을 섭취한다. 이날 나는 생장 피에 드 포르로 오는 기차에서 알게 된 한국 순례자 두 명과 함께 순례자 메뉴로 배부르게 식사하고 알베르게로 돌아가 이른 시간에 잠을 청했다.

Day 1 (19.06.10.) 피레네산맥의 조난자

생장 피에 드 포르Saint Jean Pied de Port

론세스바예스Roncesvalles

25.6km

일행 없이 혼자 걷는다는 건 새벽 시간에 온전히 자신만의 힘으로 일어나야 한다는 것을 의미한다. 나는 시차에 적응할 틈도 없이 베개 밑에 진동으로 맞춰둔 핸드폰 알람을 껐다. 오전 6시에 일어나 대강 씻고 짐을 싼 후, 아직 쌀쌀한 새벽길을 나섰다.

무거운 배낭을 메고 마을 외곽으로 벗어나자마자 표지판을 마주했다. 왼쪽 갈림길이 전통적인 길로써, '나폴레옹 길'로 불린다는 설명이 적혀 있다. 길이 험하므로 우천 시 반드시 우회하여 오른쪽 길을 이용하라는 주의 사항도 보인다. 핸드폰을 꺼내 날씨를 살펴보니, 일기예보에는 소나기 정도만 예고되어 있었다. 나는 과감히 나폴레옹 길을 선택해 피레네산맥을 오르기 시작했다.

생장 피에 드 포르에서부터 7.4km가 떨어져 있는 오리손Orisson까지 날씨가 무척 좋았다. 오리손은 피레네산맥에 본격적으로 진입하기 전에 있는 마지막 쉼터다. 하지만 괜히 천천히 가다가 첫 번째 순례처럼 일행이 생길까 봐 발걸음을 재촉했다. 그렇게 충분한 휴식을 취하지 않고 무리해서 다시 길을 나섰다.

정말 힘들면 땅바닥에 앉아 쉴 생각이었다. 그런데 오리손을 지나 오전 9시 이후부터 비가 오기 시작했다. 소나기로는 볼 수 없을 만큼 비가 쏟아붓더니 안개가 끼면서 몇 걸음 앞의 시야만 겨우 보였다. 천장이 가려진 쉼터가 없는 데다 비로 몸이 젖어 고산지대의 추위에 설상가상이었다. 한겨울 영하처럼 몸이 오들오들 떨렸다. 추운 날씨에 몸은 긴장하는데 휴식을 충분히 취하지 않고 무리하게 산을 넘으려고 했던 탓이다. 그때 왼쪽 무릎에 경련이 오면서 쥐가 심하게 나기 시작했다. 조난신고를 해야 하는 게 아닐까 싶을 정도로 지나가는 사람이 아무도 없었다. 나는 추위를 겨우 참으며 5m 정도 가다 무릎을 부여잡고, 다시 5m를 걷길 반복했다.

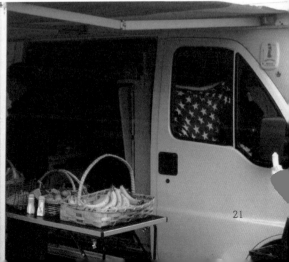

우여곡절 끝에 순례자용 피레네산맥 지도 중간쯤 기재되어 있었던 쉼터 겸 푸드트럭에 도착했다. 비가 오는데도 나와 준 푸드트럭 봉사자가 얼마나 감사했던지 모른다. 핫초코를 마시며 천막 아래에서 잠시 몸을 녹일 수 있었다. 내 뒤로 하나둘 등장하는 순례자들도 고생했는지 한결같이 표정이 비슷했다. 오아시스를 발견한 사람처럼 빠르게 걸어와 몸을 부르르 떨며 차를 마셨다. 그렇게 휴식을 취하고 나서야 조금씩 움직일 수 있었다.

산을 오르는 내내 여전히 추위 속에서 입김이 뿜어져 나왔고 비는 그칠 기미가 보이지 않았다. 정상 부근 대피소에 도착해서도 앉을 곳은 없었고 대피소에서 마주친 순례자들끼리 서로 벌벌 떨며 키득거렸다.

결국 5분씩 서서 잠시 쉰 것 외에, 해발 1,400m인 피레네산맥을 제대로 쉬지 않고 넘었다. 론세스바예스^{Roncesvalles}까지 총 25.6km 거리였다. 무릎과 허벅지에 근육경련이 수시로 일어나서 포기해야 하나 고민하기 직전까지 갔다. 끝까지 할 수 있다고 되뇌며 왔지만 자칫 악천후 속 조난자가 될 뻔했던 아찔한 순간이었다. 날씨가 나빠지기 전, 오리손에서 따뜻한 음식을 먹으며 쉴 기회가 있었는데 무리했던 결정이 부메랑이 되어 돌아왔다. 의미를 부여해보면, 순례 첫날부터 이렇게 고생했던 과정이 최근까지의 내 삶을 반영하는 것 같았다.

론세스바예스는 생장 피에 드 포르와 달리 스페인 땅이다. 걸어서 국경을 넘은 셈이지만 아무도 여권 검사를 하지 않았다. 스페인어를 쓰는 알베르게 봉사자를 만나고, 스페인어로 된 순례자 메뉴를 레스토랑에서 보고서야 내가 있는 곳이 스페인임을 실감했다.

Day 2 (19.06.11.) 내가 나를 받아들일 때

론세스바예스Roncesvalles

수비리Zubiri

21.5km

피레네산맥을 넘으며 무리 한 탓에 내리막길에서 무릎이 꽤 아팠다. 그래도 전날과 달리 비가 오지 않았고 아름다운 평야와 경치가 이어졌다. 피레네산맥을 넘고 홀가분해진 마음으로 여유를 즐길 수 있었다. 그러다 론세스바예스에서 식사를 함께하며 친해진 한국 순례자들과 이야기를 나누면서 걸었다. 시간 가는 줄 모르고 작은 마을들을 하나둘씩 지나쳤고 오전 11시 30분쯤 수비리Zubiri에 일찍 도착했다. 사람 마음이 참 간사하다고 느꼈던 건 길을 떠나기 전의 나는 이번 산티아고 순례는 혼자 걷겠다고 분명 다짐했었다. 그런데 피레네산맥에서 고생해서인지 어느새 의지하는 일행이 생겨버렸다.

온전히 나에게만 집중하는 시간을 가지고 싶은 마음과 홀로 외롭게 고생하고 싶지 않은 마음이 공존했다. 순례길에서 만난 이들은 참 좋은 사람들이었고 혼자 걸을 시간은 앞으로 충분히 있을 테니 지금은 흘러가는 대로 동행하기로 했다.

내일은 목적지 팜플로나Pamplona까지 20.3km만 더 가면 되었
다. 둘째 날은 첫날처럼 무리하지 않고 여기서 걸음을 멈추었다.

알베르게에 일찍 짐을 정리하고 수비리 입구에 있는 계곡에
홀로 발을 담그고 여유를 즐겼다. 그 모습이 보기 좋았는지 계
곡 위 다리를 지나가는 순례자들이 손을 흔들며 인사했다. 마치

슈퍼스타가 된 기분으로 나도 그들에게 손을 흔들어줬다.

이날은 점심을 먹고 낮잠도 한숨 자며 쉬다가 어린 아들과 함께 걷고 있던 한국인 아버님과 깊은 대화를 나누게 됐다. 이 순례자는 큰아들이 크게 아팠던 경험을 계기로 가족과 함께 독일로 이주했고, 대기업에 다니다가 가치관의 변화가 생기셨다고 한다. 이분은 이번 순례에 있어 나에게 가장 중요한 방향을 정하는 말씀을 해주셨다. 본인은 지난번 순례를 마친 후, 산티아고 인근에 있는 피니스테레Finisterre에서 노을이 지는 벼랑을 향해 걸었다고 한다. 그때 펑펑 울면서 자기 삶을 내려놓는 순간이 있었는데 살면서 한 번은 그렇게 우는 경험이 필요하다고 말씀하셨다.

그때의 나는 그게 무슨 감정인지 전혀 짐작이 가지 않았다. 아버지께서 돌아가셨던 아픔을 애써 잊으려 하거나 항상 긍정적인 태도로 억지로 이겨내려고 했기 때문이다. 오히려 울어버리라니, 그게 맞는 건가 싶었다. 돌이켜보면 나는 성인이 된 후 진심으로 펑펑 울어본 적이 없었다. 이 순례자와의 대화를 계기로, 울음이 북받칠 때 속에 있는 것들을 털어내며 실컷 울어보고 싶다는 생각이 처음으로 들었다.

나는 큰일을 겪으면서도 현실을 부정하듯 마음을 외면하고 애써 밝게 지탱하며 살았다. 이제는 슬픔에 무뎌지고 공허해진 마음을 털고 싶었다. 그게 나를 알아가는 시작이 아닐까 하는 생각이 문득 들었다. 순례길에서만큼은 억지로 마음을 막지 않고 흘러가는 대로 받아들여 보리라 다짐했다. 저녁 식사를 함께한 다른 순례자들과의 대화에서도 배울 점이 무척 많았다. 조금이라도 경청하고 받아들이려 애쓰다 보니 저녁 시간이 금방 흘러갔다.

Day 3 (19.06.12.) C'est La Vie

수비리Zubiri

팜플로나Pamplona

20.3km

길을 걷는 내내 머리가 복잡했다. 일행이 생기다 보니, 어느 순간부터 나는 관성처럼 타인의 내면을 들여다보고 신경 쓰게 되었다. 그러다 내가 어떤 상태인지 비로소 깨달았다. 나는 여전히 강박적으로 누군가의 인정을 바라고 관계에 집착하고 있었다. 지금은 생각에 앞서 쉼이 필요하다. 그래서 모든 것을 비우는 상태로, 아무것도 생각하지 말고 흘러가는 대로 머리를 말끔하게 비우기로 했다.

그러고 나니 풍경이 다시 눈에 들어오기 시작했다. 나는 잠시 일행에게 양해를 구하고 조금 떨어져서 따로 걸었다. 자연이 주는 풍경과 향기에 집중하고 흘러가는 구름을 멍하니 바라보았다. 그러다 길가 벤치에 앉아 어제 마트에서 사 두었던 빵을 꺼내 먹었다. 이렇게 걷다 보면 어느 순간 여유가 돌아와 있으리라 믿었다.

한참 걷다 보니 소 떼를 피하며 뛰다가 사람들이 많이 죽는 것으로 유명한, '산 페르민 축제'의 도시 팜플로나가 나타났다. 산 페르민 축제는 팜플로나의 수호성인인 '성 페르민'을 기리는 축제로 매년 7월 초에 개최된다. 프랑스에서 설교 도중 순교한 페르민 주교가 팜플로나 출신이라고 한다. 페르민 주교는 황소에

게 끌려가 목숨을 잃었기 때문에 참가자들이 황소를 피해 목숨을 걸고 뛰는 '소몰이^{Encierro}'가 가장 유명하다.

축제 기간이 아니라서 소몰이를 구경할 수 없었지만, 헤밍웨이도 사랑한 팜플로나를 볼 수 있어 의미 있었다. 나는 잘 보존된 성벽으로 둘러싸인 도시를 보며 입을 떡하니 벌릴 수밖에 없었다. 성벽 외곽 해자와 적의 침입을 막기 위한 구불구불한 진입로가 인상적이었다. 저절로 영화 〈반지의 제왕〉이 생각났다.

일찍 도착한 탓에 공립 알베르게가 아직 문을 열지 않았다. 나는 알베르게 입구에 짐을 두고 거리 구경을 나섰다. 마침 시청 앞에서 오케스트라 공연을 하고 있었다. 주민, 관광객과 순례자가 어우러져 팜플로나의 흥을 느낄 수 있었다. 팜플로나는 유적들이 워낙 잘 보존되어있는 도시다. 성당과 중세 나바라 왕국의 성과 궁을 돌아보니 역사에 대한 호기심을 충분히 해소할 수 있었다.

나는 다시 공립 알베르게로 돌아가 등록을 마쳤다. 팜플로나에서 유명한 하몽 레스토랑이 있다는 정보를 알아본 뒤 일행들과 하몽을 먹으러 갔다. 순례길에서 일행이 된 것을 축하하기 위해서였다.

일행 중 한 분이 공무원 정년퇴직 기념으로 본인이 쏘겠다고 하시면서 분위기가 더욱 달아올랐다. 이날 먹었던 하몽은 내가 알던 것과는 다른 최고급 하몽이었고 지금껏 먹어본 하몽 중 최고였다. 스페인에서 유명한 리오하^Rioja 와인과 함께 다섯 명이 두 접시를 순식간에 해치웠다.

즐겁게 웃다 보니 퇴사 전 휴가 때 다녀온 스위스 여행에서 겪었던 일이 생각났다. 호스텔에서 알게 된 스위스, 아일랜드인 친구에게 한국은 휴가가 너무 짧아서 아무리 길어도 일주일밖에 시간을 못 낸다고 투덜댄 적이 있다. 그랬더니 듣고 있던 스위스 친구가 "세라비^C'est La Vie"라고 한마디를 했다. 그게 무슨 뜻인지 물으니, '이것이 인생이다'라고 한다. 어떤 일이 일어나든 그냥 세라비라고 말하며 받아들이라는 조언이었다.

갑자기 이 말이 왜 떠올랐는지 모르지만 그의 말처럼, 복잡했던 머릿속을 하몽과 와인을 즐기는 이 시간으로 잠시 잊을 수 있었다. 원래 의도와 달라졌다고 해서 즐기지 못하는 건 시간이 아까운 일이었다. 나는 웃으면서 세라비, 하기로 했다.

Day 4 (19.06.13.) 마음의 여유를 얻다

팜플로나Pamplona

푸엔테 라 레이나Puente La Reina

24km

산티아고 순례길에서는 보통 새벽 일찍 일어나 부지런히 걷고, 점심 때쯤 목적지에 도착하는 걷기 전략을 쓴다. 오후가 되면 햇볕이 꽤 뜨거워지기 때문이다. 아직 본격적인 여름이 시작된 것은 아니지만 일교차가 컸다. 도시를 가로지르는 순례길에 가로등이 켜진 추운 새벽, 나는 따뜻하게 옷을 챙겨 입고 길을 나섰다.

순례를 시작하고 처음으로 큰 규모의 도시를 지나는 것이라 기분이 묘했다. 작은 마을은 조금 걷다 보면 금세 지나쳐 버리기 때문에 분위기를 느끼기가 쉽지 않다. 반면 팜플로나는 구시가지를 벗어났는데도 현대적인 건물과 도로들이 한참 이어진다. 산티아고 순례에서 겪을 수 있는 귀한 경험 중 하나가 도시와 시골을 번갈아 가며 길을 지나는 것이다. 분명 같은 길 위에 있는데 도시 혹은 시골이라는 이유로 사람들의 표정이나 여유에서 차이를 느낄 수 있었다.

길을 재촉해 도로를 지나 평야로 들어서니 익숙한 초원길이 이어졌다. 지금까지는 흐린 날이 계속 이어지거나 비가 오는 일이 잦았다. 산티아고 순례를 시작한 지 4일 차가 되어서야 온종일 맑은 날씨가 이어진다. 비가 갠 것처럼 내 마음도 활짝 개었다. 순례길에서조차 마음을 열기 두려워하던 상태에서 완전히 벗어났다.

순례길의 또 다른 묘미는 새벽에 길을 나설 때 일출을 매일 볼 수 있다는 것이다. 오늘 일찍 나온 보람이 있게 언덕 너머 해가 밝아오는 광경을 보면서 걸었다. 마치 일출이 부지런함의 대가로 주어지는 보상 같았다. 매일 자연을 곁에 두고 걷다 보니 마음이 회복되는 기분이 들었다.

나는 길을 걷다가 누군가와 스쳐 지나갈 때 밝게 인사하면서 이곳에 온 이유를 물었다. 순례길에서는 처음 보는 사람과도 같은 길을 걷고 있다는 공통점이 있다. 전 세계에서 온 사람들과 서로 "부엔 까미노^{Buen camino}"라고 인사하는데 이는 '좋은 길이 되기를'이라는 뜻이다. 순례자들의 맑은 눈을 바라보고 있으면, 이런 세상에서 살아가고 있는 것이 얼마나 행복한 일인지 깨닫게 된다.

순례자의 눈만큼이나 아름다운 풍경도 계속 이어졌다. 천국이 아닌 지상에 이런 곳이 있는지 감탄하게 되는 초원과 햇살, 바람을 즐길 수 있었다. 하나하나의 만물이 얼마나 아름답고 의미 있는지 밑도 끝도 없이 감사하게 되었다.

푸엔테 라 레이나^{Puente La Reina}로 가는 길에 유명한 용서의 언덕을 지나갔다. 이곳은 철로 된 순례자들의 조형물이 있는 곳이다. 수백 년간 스페인 산티아고로 순례를 떠난 수많은 순례자가 있었다. 나는 과연 어떤 순례자인지 한 번쯤 생각하게 하는 곳이다.

용서의 언덕을 넘어가며 팜플로나에서 새롭게 알게 된 한국인 순례자와 이야기를 나누었다. 그는 순례길을 걷던 중에 할머니께서 돌아가셨다는 소식을 듣게 되어 우울해하고 있었다. 이야기하며 걷다 보니 어느새 친해졌다.

이 순례자는 지금까지 살아오면서 무언가 하나를 끝까지 해낸 적이 많지 않다고 했다. 거창한 의미를 추구하기보다 순례를 통해 마지막까지 인내하며 끝마치는 경험을 하고 싶다고 했다. 무슨 말인지 알 것 같았다. 살아가면서 힘든 일이 있을 때 이겨낼 수 있는 자신감은 과거에 무언가를 이루어 본 경험에 기반하는 경우가 많다. 나 역시 내면에 집중하며 800km의 산티아고 순례길 전체를 완주하는 경험을 만들고 싶었다. 나중에 정말 하고 싶은 일이 생겼을 때 분명 큰 힘이 될 거라고, 그렇게 말하며 우리는 함께 고개를 끄덕거렸다.

바람에 아름답게 흔들리는 밀밭이 이어지더니 점심시간 전인데도 푸엔테 라 레이나에 도착했다. 같이 걷는 동안 마음을 나눌 사람이 있으면 시간이 금방 흐른다. 아직도 시차 적응이 완

전히 끝나지 않았고 새벽에 출발해서 분명 피곤한 상태임에도
내 눈은 초롱초롱 빛났다.

Day 5 (19.06.14.) 나와 타인에게서 발견한 것

푸엔테 라 레이나^{Puente la Reina}

아예기^{Ayegui}

23.9km

푸엔테 라 레이나라는 지명에서 푸엔테^{Puente}는 스페인어로 '다리'라는 뜻이다. 순례길이 다시 시작되는 마을 출구에서, 왜 마을 이름에 푸엔테가 들어갔는지 알 수 있을 정도로 아름다운 다리를 마주할 수 있다. 나는 조금 더 머무르고 싶은 아쉬움을 뒤로 하고 걸음을 재촉했다.

안정을 추구하며 어딘가에 정착하고 싶은 욕구는 인간의 자연스러운 본성이지만 순례길에서는 좋든 싫든 방랑자로서의 삶을 받아들여야 한다. 사립 알베르게나 호스텔은 해당 사항이 없으나 공립 알베르게는 연박이 금지된다. 융통성 있는 오스피탈레로(알베르게 봉사자)는 사정이 있는 순례자에게 몰래 몇 자리 빼주기도 하지만 원칙적으로 공립 알베르게에서 묵으면 다음 날은 다시 이동해야 한다. 그래서 아름다운 마을을 뒤로하고 순례길에 오를 때는 항상 아쉬움이 남는다.

푸엔테 라 레이나에서 7.8km 떨어진 '시라우키Cirauqui'라는 마을도 며칠 머물다 가고 싶은 아름다운 곳 중 하나다. 멀리 떨어진 벌판에서부터 시라우키를 향해 걷다 보면, 중세 판타지 영화에서 나올 법한 멋진 요새 같은 마을이 눈앞으로 다가온다.

이 마을은 높은 언덕 위에 있어서 일출을 보기 좋다. 이곳에서 일출을 보고 싶은 순례자들은 푸엔테 라 레이나에서 일찍 길을 나서기도 한다.

나는 마을 중턱에서 잠시나마 시간을 보내며 더 머물고 싶은 아쉬움을 달래고, 마을 한가운데 있는 빵집에서 갓 나온 빵을 사서 일행과 맛있게 나누어 먹었다.

시라우키를 떠나면 평야를 가로지르는 아름다운 길이 펼쳐진다. 본격적으로 여름이 시작되려는지 날씨가 많이 뜨거워졌다. 가장 무더워지는 오후 2시 전까지 최대한 목적지에 도착하게끔 서둘러야 한다. 순례길을 걷기 시작한 지 5일 차가 되니 머리가 많이 비워졌다. 나는 흩어버리려고 애쓰지 않고 올라오는 내 안의 감정을 그대로 마주하면서 걸었다.

그렇게 발견한 감정 중 가장 큰 비중을 차지하고 있던 건 '화'였다.

그래, 내 안에 화가 있다.

정확히는 인간관계에서 오는 화이며, 더 깊게는 부끄럽지만 지난 이성 관계에서 오는 분노다. 누군가를 만나 인연을 맺게 되는 과정에서 이상과 실재의 괴리는 항상 존재해왔다. 그럴 때마다 나는 상대방의 실제 모습에 기반을 두고 생각과 행동을 한 게 아니었다. 머리 안에 있는 상대방에 대한 나의 이상을 바탕으로 상대방이 변화하는 모습을 기대해 왔던 것이다.

그게 바로 내 화의 원인이다.

상대에게서 보았던 아쉬운 점도 언젠가 바뀔 것이라 기대하며 나를 괴롭게 했다. 이제는 머릿속 세상에서 나와, 현재를 직시하는 자세가 필요했다. 사람 보는 눈을 기르고 상황을 있는 그대로 보려는 노력이 필요하다. 나는 상대의 마음 안에서 따뜻함을 발견할 수 있는 사람이 되고 싶었다.

순례길에서 각자의 본질대로 살아가는 자연을 바라보며 삶의 이치를 발견할 수 있었다. 맑은 햇빛과 하늘, 바람과 흔들리는 밀밭이 어우러지는 모습에서 사람과 사람의 인연도 그렇지 않을까 생각하니, 비로소 화가 가라앉는다. 나는 잘하고 있다고 스스로 다독였다. 다 경험인 거라고, 잘 배워 가고 있는 중이라고 생각했다.

　나를 통해 자신을 발견하는 것도 중요하지만, 타인을 통해 나를 바라보는 것이 도움 될 때도 참 많다. 함께 걷고 있는 일행들과 서로가 살아온 이야기들을 나누며 다양한 것을 배웠다. 관계가 깊어지면, 내가 살아온 답 외에도 삶에는 여러 가지 답이 있다는 것을 알게 된다.

　푸엔테 라 레이나에서 출발한 순례자들은 보통 에스떼야^{Estella}로 가는 것을 목표로 한다. 오늘따라 다들 조용한 알베르게에서 묵고 싶다는 의견이 많았다. 우리는 2km 정도 떨어진 아예기^{Ayegui}의 공립 알베르게에 배낭을 내려놓았다. 아무 정보도 없이 선택한 알베르게였는데 운이 좋게도 순례길을 걸으며 경험한 알베르게 중 순위에 들 정도로 마음에 들었다. 깔끔한 현대식 시설인 데다 아는 사람이 극히 드문 알베르게였다. 그 덕에 넓은 공간을 한국인 일행들과 안락하게 즐길 수 있었다.

　알베르게 지하는 주방, 2층은 순례자용 숙소로 쓰이고 1층은 평소 시민들을 위한 체육공간으로 활용되었다. 나에게 체육공간은 더운 날씨에 실내에서 편안하게 쉬며 글을 쓸 수 있는 안락한 공간이 돼주었다.

　오랜만에 저녁으로 한식을 먹자고 일행과 의기투합했다. 근처에 있던 대형마트에서 삼겹살과 쌀, 와인을 사서 요리해 먹었다. 오랜만에 먹는 삼겹살은 양이 꽤 많았음에도 언제 없어졌는지 모를 정도로 순식간에 사라졌다.

우리가 알베르게에 등록한 후, 늦은 시간에 등록한 또 다른 한국 순례자 그룹이 있었다. 이들은 특이하게도 이집트 다합에서 알게 된 인연이라고 했다. 사실 나는 이들을 순례길의 시작점인 생장 피에 드 포르부터 자주 마주쳤다. 그런데도 길게 이야기할 기회가 없어서 서로 아쉬워했다. 이참에 맥주 한잔을 하는 분위기가 만들어져 그들의 사연을 들어볼 수 있었다.

이집트 다합이라는 해안 도시에 가면 한국인 마을이라고 해도 과언이 아닐 정도로 한국 배낭 여행객들의 성지가 있다고 한다. 현지인들도 한국인에게 호의적이고, 거리에서 한국인끼리 흔하게 마주치는 데다 모르는 사람끼리도 서로 친구가 되는 곳이라고 설명했다. 거기다 한국인 전용 할인이 존재해서 스킨스쿠버 같은 수중 액티비티를 저렴한 가격에 즐길 수 있다고 한다. 그들은 한국인 대상으로 저렴한 장기 임대를 해주는 다합의 한 건물에서 몇 개월 동안 공동체처럼 친해졌다. 다합을 떠나며 산티아고 순례를 함께 하자고 마음을 모아 이곳까지 오게 되었다고 덧붙였다.

설명을 들으면 세상 어딘가에 한국인을 위한 지상낙원이 존재하는 것 같다. 나 역시 기회가 된다면 꼭 한 번쯤 들러보고 싶어졌다. 그때 그들 중 한 명이 씩 웃으며 무시무시한 조언을 해주었다. 다합에 한번 들어가면 왕복 항공권을 끊어서 왔음에도 돌아가는 한국행 항공권을 스스로 찢게 된다고, 그게 바로 진정한 여행의 시작이라고 했다. 특별한 일정에 얽매이지 않고 세계를 돌아다니며 방랑하는 새로운 경험을 할 수 있다고 한다.

순례길에서는 자신에게 집중하는 시간만큼 다른 사람들의 이야기를 깊이 있게 듣는 시간도 중요하다. 마음을 조금 더 열고 상대에게 다가가면 새로운 간접경험을 할 수 있고 견문도 넓어진다. 새로운 인연들과의 관계는 나를 돌아보는 계기가 돼주었다. 다양한 사연을 들을 수 있다는 건 순례길의 여러 가지 매력 중 하나다. 이번에는 반드시 혼자 걸어야 한다는 강박관념으로 순례길 초반부터 과하게 스트레스를 받았다는 생각이 들었다. 그와 동시에 처음 계획처럼 어느 순간부터는 꼭 혼자 걸어보리라 다짐했다.

Day 6 (19.06.15.) 사막 속의 오아시스

아예기 Ayegui

토레스 델 리오 Torres del Rio

27km

순례를 시작한 지 6일 차가 되었음에도 잠을 깊이 못 자고 있다. 새벽 5시 반에 일어나야 6시에 출발할 수 있을 거란 생각과 자는 동안 베드버그에 물리진 않을지 걱정이 몰려온다. 핸드폰 진동이 울리고 잠에서 깸과 동시에 그동안 내가 얼굴을 찡그리고 있었단 걸 깨달았다. 이런저런 근심이 많아 자면서도 계속 표정을 찡그리며 잤던 것 같다. 나는 자리를 털고 일어나 다시 걸을 준비를 했다.

연푸른 새벽하늘을 보며 걷는 것은 이제 익숙해졌다. 무거운 배낭에 다리가 적응할 수 있도록 천천히 속도를 올리면서, 지난 시간 동안 꾹꾹 눌러 놓은 내면의 감정들이 수면 위로 올라오길 바랐다. 이 순간은 나에게 시간을 주는 과정이다. 나는 걸음에 집중하며 머리를 비웠다.

얼마 걷지 않은 시점에 무료로 와인을 담아 갈 수 있는 보데가스 이라체^{Bodegas Irache}에 도착했다. 보데가스^{Bodegas}는 스페인어로 '와이너리'를 뜻한다. 그런데 아뿔싸, 문을 여는 시간이 아직 한참 남았다. 새벽에 너무 일찍 길을 나섰는지 2시간은 더 기다려야 와인을 받을 수 있었다. 무료일 뿐 아니라 유명한 스페인 리오하 지방의 햇와인을 마실 수 있는 기회였다. 아쉽지만 2시간이나 기다릴 수는 없어서 길을 나섰다. 오히려 이런 아쉬움이 다음에 순례를 다시 올 수 있는 구실이 되기도 한다.

이라체를 지나니 넓은 초원이 끝없이 펼쳐졌다. 잠을 깊이 못
자서 그런지 오늘따라 마음이 약해진다. 괜히 혼자 노래를 흥얼
거려보고 괜찮은 척을 해보았다. 약해진 마음과 겹쳐서 일행의
걸음을 조급하게 따라가게 된다. 내 순례길이 보이지 않았다. 이
럴 땐 심호흡하고 마음을 내려놓으면 내 길이 다시 보이기 시작
한다.

평야 지대, 스페인의 유명한 메세타^{Meseta} 지역을 지나고 있다.
스페인 영토의 4분의 3이 이런 메세타 평야로 이루어져 있으므
로, 앞으로 수백 km를 이렇게 계속 지나야 한다. 파란 하늘과 평
야가 너무도 아름다운 광경을 만들어 냈다. 마치 건조한 사막을
지나는 것 같이, 중간중간 마을이 신기루처럼 나타났다가 사라
졌다.

긴 광야를 지나 토레스 델 리오^{Torres del Rio}라는 마을에 도착했다. 어제에 이어 오늘도 아무런 정보 없이 걸음이 닿는 곳까지 걸었다. 사막 같은 허허벌판에 몇 가구들이 모여있는 작은 마을이어서 별 기대를 하지 않았다. 그런데 웬걸, 무려 수영장이 딸린 알베르게가 두 곳이나 있었다. 온종일 땀과 먼지로 범벅되어 고생한 순례자에게는 최고급 호텔이나 다름없었다. 나는 홀린 듯이 숙박비와 수영장 추가 요금을 지불하고 조금 더 비싼 사립 알베르게에 들어갔다. 그래봤자 공립 알베르게보다 3유로밖에 차이가 나지 않았다.

짐을 풀고 씻은 후, 혹시 몰라 챙겨 왔던 수영복을 배낭 밑바닥에서 꺼내 재빨리 수영장에 들어갔다. 물이 너무 차가워서 얼마 들어가 있지 못하고 금방 나와야 했지만 그래도 척박한 사막 같은 순례길에서 만난 생각지 못한 오아시스였다.

먼저 수영장에 들어와 있던 루가드라는 영국 순례자는 22살의 회계사라고 했다. 채용이 내정된 상태에서 일을 시작하기 전 순례길을 걷고 있단다. 금세 친해져서 좁은 수영장에서 잠시 서로의 수영 실력을 놀리며 놀았다. 나는 몸이 추워져서 루가드에게 먼저 인사하고 나와, 마을을 한 바퀴 돌아다녔다.

중세시대의 작은 성당에 들러 구경하고 아이스크림을 사 먹으며 여유를 즐겼다. 그러다 저녁 시간이 되어 알베르게에서 신청해 두었던 순례자 메뉴를 먹으러 레스토랑으로 향했다. 식사 장소에 처음 보는 외국 순례자들이 많았다. 오랜만에 세계 곳곳에서 온 순례자들과 이야기를 해보고 싶어, 일행과 동떨어진 외국인 테이블에 홀로 자리를 잡았다. 내가 앉은 테이블에는 프랑스, 스웨덴, 미국 순례자가 함께 앉았다.

그중 스웨덴 순례자는 표정에 감정이 크게 드러나는 사람이었다. 그는 내가 같은 테이블에 앉아있는 것을 보자 아니꼽다는 눈빛과 삐죽 나온 입을 하며 불편해하는 기색을 내비쳤다. 나는 인종차별인가 하여 기분이 나빴지만, 심증일 뿐인지라 가만히 있었다. 그러다 음식과 와인이 나왔을 때 비로소 확신할 수 있었다. 와인병을 들고 다른 사람들에게 빙긋 웃으며 와인을 따라

주던 스웨덴 순례자는 내 잔에만 와인을 채워 주지 않았다. 내 옆에 앉은 프랑스 순례자가 보다 못해 한 소리 하며 따라주라고 말했다. 그러니까, 같은 서양인 눈에도 이건 명백한 차별이었던 거다. 그제야 마지못해 와인을 따르려하던 스웨덴 순례자에게 나는 웃으면서 거절하고 와인병을 받아 스스로 잔을 채웠다.

첫 순례에서는 거의 한국인 일행끼리 앉았기에, 차별적인 시선을 느껴본 적이 없거나 대수롭지 않게 넘겼다. 오늘은 일행과 서로 다른 테이블에 떨어져 앉았던 터라 차별은 온전히 나의 몫이 되었다. 스웨덴 순례자를 제외하고 모두 친절했다. 그 사람과 나만 서로를 병풍처럼 무시했을 뿐 좋은 분위기에서 식사가 이루어졌다. 이 경험으로 혼자 걷는다는 것의 의미를 다시 한번 생각해보고 마음의 준비를 하는 계기가 되었다.

Day 7 (19.06.16.) 무릎 부상과 간절한 기도

토레스 델 리오 Torres del Rio

로그로뇨 Logrono

20km

결국 오늘 일이 터졌다. 순례 첫날 피레네산맥을 넘을 때 무리했던 탓에 걷기 시작하자마자 왼쪽 무릎이 찢어질 듯이 아팠다. 걸음 속도도 줄었고 오르막과 내리막을 걸을 때는 식은땀을 흘리며 큰 통증이 느껴졌다. 상태를 지켜보던 일행 중 환갑이 넘으신 아버님께서 내게 도착지까지 스틱을 빌려주셨다. 다른 두 순례자가 뒤에서 내 걸음 속도에 보조를 맞춰주며 노래와 춤으로 응원해주었다.

피레네산맥에서 악천후를 만나 주저앉을 뻔한 이후 두 번째로 울 뻔한 순간이다. 힘든 게 문제가 아니라, 먼 타지에서 누군가에게 분에 넘치는 도움을 받다 보니 함께라는 생각이 커져서다. 나는 살면서 누군가에게 의존하기보다 혼자 해결하려 애서 왔다. 완벽주의 성향 때문에 계획과 달라지면 크게 스트레스를 받았다. 그러나 오늘만큼은 한걸음마다 도움이 절실했고 계획이라고 할 것도 없었다. 통증으로 식은땀을 흘리며 아득바득 걸어가는 것만 할 수 있던 내게 일행은 구원과도 같았다.

평소에는 즐겁게만 흘러가던 시간이 오늘따라 너무 느리게 흘렀다. 오늘 일정은 순례를 시작한 이후 최단거리인 20km에 불과했지만, 체감상 가장 길게 느껴졌다. 저 멀리 목적지인 로그로뇨^{Logrono}가 보였지만 거리가 쉽게 줄어들지 않았다.

울기 직전에야 로그로뇨 대성당에 있는 알베르게에 도착했다. 나는 짐을 풀자마자 스페인 병원으로 향했다. 다행히 가까운 거리에 큰 병원이 있어서 걸어갈 만했다. 그러나, 가는 날이 장날이라고 일요일이라 외래진료를 받지 않는다는 답이 돌아왔다. 대도시인 로그로뇨를 아픈 다리로 걸어 다니기에는 부담스러웠다. 병원에서 설명해주기를, 현재 응급실밖에 연 곳이 없어서 2km 떨어진 다른 병원까지 가야 한단다. 지나다니는 택시도 없어서 나는 아픈 다리를 부여잡고 걸었다. 영어가 안 통하는 스페인 현지인들에게 지도를 보여주며 물어물어 응급실을 겨우 찾아갔다.

그런데 도착한 응급실의 접수대 직원이 영어를 할 줄 몰라 당황했다. 다행히 옆에서 순번을 기다리던 주민이 친절하게 통역을 도와주어서 접수를 마칠 수 있었다. 신기하게도 스페인 병원은 엑스레이를 찍는 대신 의사가 여기저기 누르고 두드려보고 통증 여부를 물으며 다리를 접었다 폈다 하더니 알겠다는 듯 고개를 끄덕였다. 검사 결과, 인대가 늘어난 건 아니었지만 왼쪽 무릎에 염증이 생겼다. 적어도 나흘 동안 절대 걷지 말라는 진단과 함께 왼쪽 무릎에 붕대를 감고 약을 처방받으니 128유로가 나왔다.

여행자 보험이 있었지만 당시 환율로 거의 15만 원에 달하는 금액이었다. 보험 적용이 되는 항목인지조차 알 수 없었던지라 상황에 화가 나고 마음이 우울해졌다. 심지어 진료비를 지불하려 하니 병원 창구에서는 불가하고 은행에서만 수납이 가능했다. 스페인 사람들은 계좌가 있으니 계좌이체를 이용하겠지만, 외국인은 계좌 개설도 안 되고 무통장 입금도 없었다. 이걸 알아내는 과정에서 소통이 안 되어 숙소까지 2km를 아픈 다리로 두 번이나 오갔다.

울고 싶은 마음이 임계치를 넘어가면, 사람이 오히려 차분해진다는 사실을 이번에 처음 알게 됐다. 나는 병원을 왕복하며 동네 구멍가게에서 콜라 한 캔을 사서 벌컥벌컥 마셨다. 이게 진짜 세라비구나 생각했다. 화를 내 봤자 상황이 나아지는 것도 아니었다. 억울하지만 나는 그냥 현실을 받아들이기로 했다.

현재 일어난 사실을 차분하게 정리하면 이렇다. 첫째로, 보험이 적용되어 환급받을 가능성이 크지만 128유로를 예산보다 초과하여 지출했다. 둘째로, 다리가 아파서 대책을 선택해야 한다. 선택지는 의사가 시키는 대로 4일을 쉬는 것과 버스를 타고 이동하는 것, 짐을 먼저 다음 마을로 보내고 걷다가 힘들면 버스를 타는 것이다. 나는 성당 알베르게에 숙박하는 김에 미사도 보고 저녁을 먹으며 어떻게 할지 고민해 보기로 했다.

　　성당 부속 알베르게라서 요금을 기부 형식^{Donativo}으로 내고
미사를 같이 드린 후, 준비된 재료로 식사를 함께 준비하는 일
정이 있었다. 나는 성당에 미리 가서 촛불 봉헌을 하고, 헌금도
많이 내고, 정말 미친 듯이 절실히 기도했다. 제발 내일도 걷고
싶으니 무릎을 낫게 해 달라고, 이 길을 완주하게 해 달라고 말
이다. 남들이 보기에도 꽤 절실했나 보다. 미사 후 식사 자리에
서 만난 신부님과 알베르게 접수를 도와주었던 봉사자까지 어
깨를 툭툭 치며 'Amigo(친구)' 하면서 친근하게 대해주셨다.

식사 자리에서 순례자들을 위한 노래를 함께 부르고, 세계 곳곳에서 온 순례자들을 사귀며 시간을 즐겁게 보내다 보니 머리가 한결 맑아졌다. 고민 끝에 약 8kg의 배낭을 미리 다음 마을로 보내고 걸어보다 혹시 다리가 아프면 버스를 타기로 했다. 나는 알베르게 봉사자에게 병원에서 받은 서류를 보여주며 병원비 수납에 관한 조언을 구했다. 그는 이베르카하^{Ibercaja}라는 특정 은행 지점에서 병원비를 내야 한다고 했다. 15일 이내에 납입하면 되니, 천천히 걸어가다 이베르카하가 보일 때 납입하기로 마음 편하게 결정했다. 그런데, 이것이 불행의 시작이었다.

Day 8 (19.06.17.) Ultreia

로그로뇨 Logrono

나헤라 Najera

29.6km

아침에 눈을 뜨자마자 무릎 상태를 확인했다. 씻기 위해 오가는 동안에도 크게 불편함은 느껴지지 않아서 다음 목적지인 나헤라 Najera로 배낭을 부치고 길을 나섰다.

어젯밤 자기 전 알베르게 봉사자가 내게 찾아왔었다. 무릎이 너무 안 좋으면 4일간 더 머물 수 있게 해주겠다고 친절하게 얘기해주었다. 힘들면 버스를 타고 이동하겠다고 말했더니 봉사자가 눈을 휘둥그레 뜨며 "Are you sure?"이라고 되물었다. 나는 이 "Are you sure?"이란 표현이 참 좋다. "I'm sure"이라고 대답할 때 그것이 내가 선택한 일이며, 그 책임이 내게 있음을 확인하는 과정으로 느껴지기 때문이다.

사실 4일간 더 머무를 수 있게 해준다는 건 대단히 큰 특혜다. 제안을 받아들였다면 기부 형식의 알베르게이므로 숙식비를 크게 절약할 수 있고, 성당에서 며칠 지낼 수 있는 특별한 경험도

할 수 있었을 것이다. 어제 식사 자리에서 순례자들과 함께 노래를 부르지 않았다면, 나는 기쁜 마음으로 4일간 신세를 지겠다고 답했을 것이다.

그날 불렀던 노래의 제목은 〈울뜨레야Ultreia〉인데, 신부님께서 설명해주시기를 수백 년 전부터 산티아고 순례자들이 불렀던 노래Chant라고 했다. 내용을 요약하면 '한계를 넘어서 전진하라!'다. 특별히 나를 위해 순례자들이 함께 응원해주고 이끌어주는 것 같아 마음이 벅찼다.

왜 하필 나는 이 노래를 무릎이 아파서 병원에 다녀온 날 알게 되었고, 미사에서 절실한 기도가 끝나자마자 식사 자리에서 알게 되었을까. 참 신기한 일이다. 그래서 나는 혹시라도 아무렇지 않게 걸을 수 있는 기적이 일어날지 모르니 한계를 넘어, 계속 걸어가 보고 싶었다.

성당을 나와 천천히 걷다 보니 아름다운 공원과 숲이 이어졌고, 숲길에서는 청설모와 토끼도 뛰어다니며 길을 더 즐겁게 만들었다. 나는 어제 배운 울뜨레야를 흥얼거렸다. 무릎이 나았는지 확신이 서지 않았지만 적어도 통증은 없었고 몸이 아주 가벼웠다. 확실히 8kg의 배낭만 없어도 부담이 꽤 줄어들었다. 나는 하루 만에 다시 걸을 수 있게 된 작은 기적에 감사하며, 잠시 길에 앉아 어제 성당에서 받았던 한글로 된 기도문으로 기도를 드렸다. 이 기적이 순례길 끝까지 이어지기를 간절히 바랐다.

로그로뇨에서 나헤라로 이어지는 순례길은 스페인 리오하 지방의 유명한 와인 생산지다. 걸어가는 내내 포도밭과 유명 와이너리들을 지나쳤다. 와이너리를 방문해서 시음이나 와이너리 투어를 할 수 있는 좋은 기회였지만, 걷는 동안은 무릎이 신경 쓰여 다른 생각이 나지 않았다.

로그로뇨에서 나헤라로 가는 길은 마땅히 쉴 곳도 없이 12.7km를 걸어가는 강행군 코스가 포함되어 있다. '나바레떼 Navarrete'라는 중간 지점에서 잠시 쉰 다음, 다시 16.9km를 걸어가야 한다. 순례길을 걷기 시작한 이후 마을과 마을 간 거리가 가장 긴 일정이었다. 다행히 내 무릎은 신기하게도 이 구간을 아무 이상 없이 감당해주었다.

한참 걷다 보니 광산마을처럼 보이는 나헤라가 나타났다. 나는 뒤에 따라오는 일행을 기다린 다음 공립 알베르게에 등록했다. 곧장 나헤라 순례자 용품점으로 가서 앞으로의 무릎 부담을 줄이기 위해 트래킹 스틱을 샀다. 2014년 첫 번째 순례 때는 스틱 없이 배낭만 메고도 잘 걸었는데, 이번에는 드디어 스틱을 써 볼 기회가 왔다. 스틱에 익숙한 일행에게 사용법을 배우고 마을을 조금 걸어보았다. 어색하지만 무릎에 부담이 덜 가는 게 확실히 느껴졌다.

날이 어두워졌을 무렵 오늘을 무사히 넘겼다고 생각하며 하늘을 바라보니, 구름이 바람을 따라 흘러가는 모습이 유독 아름답게 느껴졌다. 순례길에서 매일 마주하는 자연의 변화를 지켜보면 배울 수 있는 점이 많다. 서울에서의 바빴던 삶은 무엇을 위한 것이었는지, 또 앞으로 어떤 가치를 추구하며 살아야 할지 돌아보게 만든다.

Day 9 (19.06.18.) 기적의 마을, 홀로 표류하다

나헤라^{Najera}

산토도밍고 데 라 깔사다^{Santo Domingo de pa Calzada}

21km

무릎이 아프지 않다고 해도 끝까지 걷기 위해서 무리는 금물이었다. 고통의 길이 끝나는 부르고스까지는 목적지까지 배낭을 미리 부치기로 했다. 아직 산티아고 데 콤포스텔라까지 600km 가까이 더 걸어야 한다. 나는 작은 보조 가방에 물과 지갑, 핸드폰과 여권, 순례자 여권(크레덴시알)을 챙기고 길을 나섰다.

나헤라에서 나오자마자 마주하는 새벽 풍경은 순례를 시작하고부터 지금까지 걸었던 길 중에 가장 아름다웠다. 나만 그렇게 느낀 게 아니었는지, 서로 사진을 찍어주며 풍경을 즐기는 순례자들이 눈에 들어왔다. 이제는 서로 익숙하게 알게 된 사람들이 대부분이다. 그들 중 크로아티아 순례자를 비롯해 프랑스 북부 지역인 노르망디에서부터 걸어온 프랑스 순례자, 이탈리아 대학생 순례자와 안부를 물었다. 그들과 사진을 함께 찍은 뒤 천천히 각자의 길을 다시 걸었다. 스틱을 사용하는 게 아직 익숙하지 않아서 손바닥이 아팠다. 힘을 빼고 걸었더니 조금 요령을 알 것 같았다. 나는 앞서 걸어가는 순례자들이 어떻게 하는지 관찰하면서 방법을 배웠다.

새벽부터 시작해 온종일 감탄만 자아내는 풍경이 이어졌다. 21km밖에 되지 않는 거리이기 때문에 시간 여유가 있었다. 나는 신나게 사진을 찍으며 웃고 떠들었다. 오늘만큼은 말 그대로 꽃길만 걸었다. 산토도밍고 데 라 깔사다에 거의 도착할 무렵, 20대 중반으로 보이는 한국 순례자를 만났다. 그는 순례길 중간에서 불닭볶음면과 이것저것 이색 식품들을 팔고 있었다. DSLR을 이용해 유료로 사진을 찍어주기도 했는데 애석하게도 장사는 그리 신통치 않아 보였다.

나는 그에게 다가가 어떻게 하다 여기서 장사를 하게 되었는지 물어보았다. 알고 보니 그는 이미 순례길을 다 걸었다고 한다. 그렇게 지나온 길 중 이곳이 가장 아름다웠고 기억에 오래 남았다고 덧붙였다. 그래서 이곳으로 다시 돌아와 한동안 사진을 찍고 돈을 벌며 지내고 있다고 했다. 그러니까 이 길을 인상 깊게 여겼던 건 나뿐만 아니라 다른 순례자에게도 마찬가지였던 셈이다. 나는 그에게 장사가 잘되길 바란다고 인사를 건네며 산토도밍고 데 라 깔사다로 들어섰다.

차편으로 보내두었던 배낭을 찾고, 뒤따라오는 일행들을 기다렸다. 일행들은 오늘 거리가 짧고 체력이 남으니 다음 마을까지 7km를 더 가겠다고 했다. 청천벽력 같은 소식이었다. 통증은 없지만, 아직 배낭을 다시 메고 걷는 것은 조심해야 할 것 같았다. 나는 마지못해 알겠다고 하고 작별 인사를 나눈 뒤 홀로 알베르게를 찾아서 들어갔다.

심지어 알베르게 등록 때 속상한 일이 발생했다. 내 앞에 있던 스페인 순례자는 알베르게 봉사자와 이것저것 이야기를 나누더니 1층 침대로 우선 배정받았다. 반면, 나는 무릎이 좋지 않아서 1층 침대로 배정을 해줄 수 있느냐고 부탁했지만 단호하게 거절당해 2층으로 배정되어 버렸다. 일행과 떨어져 우울하던 기분이 더 가라앉았다. 다행히 배정된 방에 들어서자 앞서 친해졌던 외국 순례자들이 많았다. 나는 한 명씩 인사를 건네며 상대가 묻지도 않는데 "일행과 떨어져서 이제 나 혼자 걷게 됐어"라고 자진 보고를 하고 다녔다. 그때 미국에서 온 한 순례자가 빙긋 웃더니 "더 잘 된 거야. 이제 너한테 집중할 수 있잖아"라고 말해주어서 큰 위안이 되었다.

짐을 풀자마자 씻고 빨래를 한 뒤, 부정적인 감정에서 벗어나기 위해 잠시 침대에 누워 생각을 가다듬었다. 나는 두 번째 순례길을 시작하며 이번엔 꼭 혼자만의 순례를 해보겠다고 노래를 부르고 다녔다. 이 상황을 즐기면 즐겼지, 우울해질 이유가 없었다. 무엇보다 일행들은 내가 자신들 때문에 보조를 맞추느라 성치 않은 다리로 무리하고 있다 생각하고 배려해준 것 같았다. 나는 언젠가 또 만나겠지 싶어서 감정을 흘려보냈고 기분전환을 할 겸 더위를 뚫고 대성당으로 향했다.

산토도밍고 데 라 깔사다는 전설과 기적이 있는 곳이다. 잠시 전설을 소개하자면, 중세시대에 독일 순례자 가족이 산티아고로 순례를 하고 있었다. 부모와 아들로 구성된 가족이었고 아들 이름은 휴고넬^{Hugonell}이었다. 가족은 산토도밍고 데 라 깔사다의 한 여관에 묵었는데, 여관 주인의 딸이 휴고넬에게 반해 적극적으로 구애했다고 한다. 휴고넬은 구애를 단호히 거절했다. 이에 앙심을 품은 여관 주인의 딸은 은으로 된 술잔을 휴고넬의 짐에 몰래 넣은 다음, 절도범으로 영주에게 고소했다. 당시 절도죄에 대한 형벌은 교수형이었으므로 휴고넬은 억울하게 교수형을 당했다. 그의 부모는 비통한 마음을 뒤로한 채 산티아고까지 순례를 했다.

부모가 순례를 마치고 돌아오는 길에 산토도밍고 데 라 깔사다에 다시 들렀는데, 휴고넬이 아직 교수대에 살아있는 채로 매달려있었다. 부모가 너무 놀라 어떻게 된 일인지 그에게 물었다. 휴고넬이 대답하길, 산토도밍고 성인이 죽은 자신을 삶으로 되돌려 보내 주었다고 했다. 그리고 이 사실을 영주에게 고해 달라고 했다. 부모는 영주를 찾아가 상황을 설명하며 휴고넬을 풀어주길 간청했다. 영주는 친구와 두 마리의 구운 닭요리를 먹으려다 말고 "당신 아들이 살아있다면 이 닭들도 살아있겠네"라고 말하며 비웃었다. 그런데 그 순간 구운 닭들이 되살아나 울었고, 휴고넬은 가족과 함께 독일로 다시 돌아갔다고 전해진다.

이런 전설과 함께, 산토도밍고 성인은 평생 순례길을 보강하고 순례자들을 돌본 후원가로 알려져 있다. 이 외에도 성당에는 투명한 보관함 안에 살아있는 닭들을 볼 수 있는데, 3주마다 두 마리씩 교체해서 넣어두는 전통이 있다고 한다.

마을 곳곳에서도 전설의 흔적을 볼 수 있다. 마을 빵집에서는 기적Miracle이라는 이름의 닭 모양 쿠키를 판다. 내일 길 위에서 만날지 모를 일행들을 위해 나는 수에 맞춰 쿠키를 샀다. 생각 해보니 도저히 걸을 수 없을 만큼 무릎이 아파서 병원에 갔다가 다음 날 기적처럼 다시 걷게 되고, 일행과 떨어져 홀로 표류하 게 된 마을이 기적의 마을이라니 참 의미 있고 신기했다. 내가 겪은 일을 기억하기 위해 기적의 장소인 성당에서 산토도밍고 성인을 기념하는 묵주를 구입했다. 혹시라도 한국인 신부님을 순례길에서 만나게 되면 축복을 부탁드려보리라 마음먹었다.

기분 좋게 마을 레스토랑에서 식사에 맥주를.곁들이다 보니 시에스타 시간이 되었다. 스페인은 점심시간 이후 2시간 동안 상점 문을 닫고 직원들이 휴식을 취한다. 나는 알베르게로 돌아가는 길에 이베르카하를 발견해 들어가 보았다. 내부 문이 닫혀 있어서 정리 중이던 직원에게 시에스타가 언제 끝나는지 물어보았다. 알고 보니 시에스타가 문제가 아니라, 은행 영업시간이 원래 이른 오후까지여서 지금 문을 닫는다고 했다. 마을에 도착하자마자 은행부터 갔어야 했다. 아직 납입 기한이 13일 남아있었지만, 스페인 법을 모르다 보니 혹시 미납을 하면 출국 금지라도 될까 봐 걱정되었다. 몸과 마음이 불볕더위에 녹을 것 같았다. 나는 일찍 알베르게로 들어가 순례자들에게 정보를 얻으며 휴식을 취했다.

Day 10 (19.06.19.) 잃어버린 배낭과 또 한 번의 기적

산토도밍고 데 라 깔사다Santo Domingo de la Calzada

비야프랑카 몬떼 데 오까Villafranca Montes de Oca

34.4km

배낭을 목적지까지 부치기 위해서는 순례자를 대상으로 하는 배송 업체에 위탁해야 한다. 보통 알베르게에 구비된 여러 회사 봉투 중 하나를 골라 겉봉에 목적지를 쓰고 현금을 배송료만큼 동봉하면 된다. 봉투를 배낭에 매달아 알베르게 내 지정된 장소에 가져다 두면 오전 수거 후 늦어도 오후까지는 당일 배송이 완료된다. 여러 업체 중 내가 이용한 회사는 5유로 가격에 깔끔하게 배송을 완료해주는 곳이었다. 나는 봉투 위에 29.3km 떨어진 빌람비스티아Villamvistia로 목적지를 적어놓았다.

새벽 5시에 일어나 도시를 빠져나왔다. 길을 걷는 내내 어제의 전설이 생각나 괜히 기분이 좋아졌다. 순례길은 긴 세월 동안 순례자들이 사연을 짊어지고 걸어간 길이다. 독특한 전설이 없어도 있는 그대로 특별한 길이기도 하다.

걷다 보니 어느새 스페인 까스띠야 이 레온^{Castilla y Leon} 지방
으로 진입했다는 이정표를 만났다. 걸어서 스페인 각 지방을 넘
나드는 경험은 내가 잘 걸어가고 있다는 확신을 준다.

비가 조금 오려다가 금방 그치고 하늘이 다시 맑게 갰다. 혼자
노래를 흥얼거리며 걸어가고 있으니 뒤에서 스페인 순례자가
다가와 내게 말을 걸었다. 서로 인사를 나눈 다음 같이 사진을
찍고 하늘에 뜬 무지개를 보면서 신나게 다시 걸었다.

끝없이 펼쳐진 꽃길을 따라 부지런히 걸으니 4시간 만에 22.7km 지점인 벨로라도^{Belorado}에 도착했다. 잠시 쉬었다가 6.6km를 더 이동해 배낭을 보낸 빌람비스티아 공립 알베르게에 겨우 도착했는데 문이 닫혀 있다. 영업하지 않는다는 팻말과 함께 배낭의 행방을 알 수 없게 되었다. 너무 당황스러워서 식은땀이 나기 시작했다. 배송 업체가 알베르게 앞에 배낭을 두고 갔는데 없어진 건지, 업체에서 아직 보관 중인지 알 수 없으니 마음이 너무 불안했다. 그 안에 들어 있는 현금과 아끼는 물건도 생각났다.

나는 마을을 한 바퀴 돌면서 배낭을 찾다가 주민들에게 알베르게가 문을 왜 안 열었는지 생존 스페인어로 묻기 시작했고, 다행히 마을 매점 주인이 배송업체에 전화를 해 배낭의 행방을 수소문해주었다. 알고 보니 배송 업체에서 이미 빌람비스티아 알베르게에 들렀다가 문이 닫혀 내 배낭을 보관 중이었다. 5.1km 떨어진 비야프랑카 몬떼 데 오까^{Villafranca Montes de Oca}라는 곳에 배낭을 배송해 줄 수 있다고 했다. 그곳에서 배송받기로 합의한 다음, 매점 주인에게 은혜를 갚고자 콜라와 간식거리를 샀다. 야외 좌석에 앉아 한숨 돌리고 있을 때 산토도밍고 데 라 깔사다에서 헤어졌던 일행을 만났다.

우리는 서로 반가워하며 각자의 근황과 상황을 주고받았다. 일행들도 이곳 공립 알베르게가 문을 닫았다는 말을 듣더니 나와 함께 이동하기로 했다. 무릎을 다쳤던 이후 조심하며 걷느라 그동안 30km를 넘어서는 무리한 일정을 계획하지 않았다. 나는 오랜만에 총거리 34.4km를 걸어 우여곡절 끝에 비야프랑카 몬 떼 데 오까에 도착했고, 겨우 배낭을 찾을 수 있었다.

순례길 정보를 책에서 읽었을 때는 이곳 알베르게가 많이 낙후한 것처럼 보였다. 그사이 리모델링을 한 것인지, 깔끔한 3성 호텔 겸 알베르게로 변해 있었고 로비부터 으리으리했다. 알베

르게 구역은 호텔에 비해 시설이 크게 좋지 않았음에도 리모델링 후라 그런지 조금 더 비싼 금액을 지불 해야 했다. 그래도 순례자 메뉴를 호텔 레스토랑에서 즐길 수 있는 등 세련된 시설을 이용할 수 있어서 충분히 합리적이었다.

나는 산토도밍고 데 라 깔사다에서 챙겨 온 기적 쿠키를 일행들과 나눠 먹으며 쉬었다. 처음 보는 한국 순례자들도 만나 오랜만에 한국어로 폭풍 수다를 떨었다. 서로 산티아고 순례를 시작한 이유나 삶에 대한 고민을 나누었다. 대화는 순례자 메뉴를 먹고 난 이후 자연스럽게 와인 모임으로 이어졌다.

한창 이야기를 하던 중, 어떤 한 분에게서 왜인지 성직자 같다는 느낌이 들었다. 내가 반쯤 농담으로 "신부님이세요?"하고 여쭤보자, 순간 정적이 흘렀다. 질문이 너무 뜬금없던 것 같아 사과를 드리려고 하자 "저 어디에서 본 적 있으세요?"라는 질문이 돌아왔다. 알고 보니 그분은 정말 신부님이었다.

나는 그저 주관적인 느낌에 그렇게 여쭤보았다고 하면서, 내가 왜 신부님을 애타게 찾았는지 설명했다. 로그로뇨에서 다리를 다쳐서 고생했지만 기도한 다음 날 걸을 수 있게 된 것과 산토도밍고 데 라 깔사다에서 기적을 기념하며 묵주를 샀다는 사실을 말씀드렸다. 오늘 이곳에 올 예정이 없었지만, 알베르게가 문을 닫아 배낭이 오배송되는 바람에 이곳까지 오게 된 우연에 대해서도 설명했다. 묵주를 축복해줄 한국 신부님이 계신지 찾고 있었는데, 하루 만에 계획에 없었던 곳에서 뵙게 될 줄은 몰랐다고 덧붙였다. 신부님과의 대화가 이어지는 동안 몇 순례자들이 자리를 떴지만 상관없었다. 내가 겪었던 것은 모두 사실이었으니까.

신부님이 잠시 나를 쳐다보시더니 혹시 괜찮으면 미사를 드리겠냐는 제안을 하셨다. 마침 성수와 성체, 포도주를 준비해 왔는데, 알베르게 옆 잔디밭에서 테이블을 펼쳐두고 미사를 집전

해주시겠다고 했다. 옆에 앉아있던 가톨릭 순례자 두 명과 함께 넷이서 미사를 드리기 시작했고 그 광경을 본 스페인 순례자도 따라 합류했다.

미사 후, 산토도밍고에서 구입한 묵주를 신부님께서 축복해 주신 뒤 돌려주셨다. 묵주를 살 때만 해도 한국 신부님을 순례 길에서 만날 수 있을지 막연히 생각했을 뿐인데 계획치 않았던 곳에서 순례자들과 잔디밭에서 미사를 드릴 수 있었고, 이 경험 은 내게 기적과도 같았다. 신부님은 다음 날 일찍 떠나셨다. 그 뒤 산티아고 데 콤포스텔라에 도착할 때까지 다른 한국인 신부 님을 더는 뵌 적이 없다.

우연히 만난 신부님께서 잔디밭에서 미사를 집전해주실 확률 은 얼마나 될까. 나는 이 묵주를 기적의 징표라 생각하며 순례 길을 걷는 내내 항상 지니고 다녔다. 아마 내가 겪은 일들을 기 적이라고 말하면 공감할 사람이 많지 않을지도 모른다. 하지만 나만큼은 온전히 기억하며 살아가리라 다짐했다. 이 순간만큼 은 파울로 코엘료의 소설에 나오는, 수많은 영적 체험을 하며 성장하는 주인공 순례자도 부럽지 않았다.

Day 11 (19.06.20.) 부르고스, 고통의 길 완주

비야프랑카 몬떼 데 오까Villafranca Montes de Oca

부르고스Burgos

38.7km

더위로 새벽 4시에 눈이 떠진 터라 조금 일찍부터 나갈 준비를 마쳤다. 산토도밍고 데 라 깔사다에서 일행들과 따로 걷게 된 이후, 각자 원하는 대로 자유롭게 움직였다. 오늘 코스는 순례길에서도 난도가 높은 지역이다. 초반부터 가파른 산길을 올라가야 해서 새벽에 길을 나서는 건 사실 굉장히 위험한 행동이다. 나는 주섬주섬 에너지바를 꺼내 아침을 간단히 해결하고, 배낭에 다음 목적지를 적어 숙소 앞에 놓고 마음의 준비를 했다.

비슷한 시간에 일어나 있던 스페인 순례자가 나에게 스페인어로 갑자기 말을 걸었다. 스페인어를 못한다고 대답했더니 구글 번역기를 꺼내 한참 적고 있던 걸 보여주었다. 요약하자면, 산길이 어둡고 조명이 아예 없는데 어떻게 걸을 거냐며 랜턴이 있는지 묻는 거였다. 나는 그에게, 랜턴은 없지만 핸드폰 손전등 기능이 있단 걸 보여주었다. 그리고 가방을 부칠 거라서 괜찮다고 스페인어와 영어를 섞어서 답했다.

그럼에도 스페인 순례자가 걱정스러운 표정을 하고서 자기가 앞에 설 테니 같이 가자는 뜻으로 보디랭귀지를 했다. 나쁠 것은 없었다. 어두운 야간산행 중 위험한 일이 생기면 도와줄 사람이 생긴 거니까. 혹시 어두운 산길에서 위협을 가할까 봐 걱정되긴 했지만, 눈을 보니 선한 느낌이 나서 괜찮을 것 같았다. 알베르게를 나온 뒤 산길로 진입하고서 그와 통성명을 했는데, 호세라는 이름의 나이가 지긋한 순례자였다. 호세가 영어를 못해 미안하다고 하기에 나는 생존 스페인어를 조금 한다고 장난을 치며 함께 웃었다. 올라가다 보니 호세가 왜 걱정했는지 알수 있을 만큼 가로등도 없이 어둡고 산길이 험했다. 나는 앞서 걸어가는 호세 뒷다리만 보며 정신없이 쫓아갔다.

어느덧 새벽 6시가 넘어가자 슬슬 날이 밝아왔고 손전등이 필요 없을 정도가 되었다. 나와 호세는 걷는 동안 물을 마시고 싶다든가 앞에 돌을 조심하라는 등 기본적인 대화만 했지만, 무언의 신뢰 관계 속에서 서로를 이해할 수 있었다. 능선으로 접어들면서 호세의 걸음 속도가 따라잡기 부담스러울 정도로 빨라졌다. 나는 보디랭귀지로 무릎을 다친 상태여서 조금 천천히 걷고 싶으니 먼저 가라고 했다. 이미 날이 밝아서 괜찮을 거라고 판단했는지 호세가 고개를 끄덕였고 우리는 웃으며 악수했다.

걷다 보니 돌무더기와 함께 십자가가 나타났다. 순례길 곳곳에서 특히 험준한 산이나 긴 평야에서 이런 십자가를 자주 볼 수 있다. 상당수는 순례를 하다가 죽은 순례자들의 묘다. 유럽에서는 나이가 더 들기 전 마지막으로 산티아고 순례를 나서는 노인분들이 많다. 실제로 순례 도중에도 누군가 피레네산맥을 넘다가 사망했다는 소문이 들려오기도 한다.

능선을 따라 내려가니 작은 마을이 하나 있었다. 대피소가 보여 잠시 들어갔더니 아침 식사를 해결하고 길을 나서려던 호세와 다시 마주쳤다. 무릎은 괜찮냐는 물음과 함께 바나나와 납작복숭아를 꺼내 먹으라고 깎아준다. 말도 잘 통하지 않는 외국인에게 마음을 나누어 줄 수 있는 이 사람은 누구일까.

나는 순례길에서 내면에 집중한답시고 나만 생각하며 하루하루 길을 걸어 나가고 있었다. 나 역시 나이가 들면 내가 힘들더라도 언어가 통하지 않는 외국인에게 어두운 밤길이 위험하니 같이 걷자고 할 수 있을까? 아니면 잠시 가던 길을 멈추고 과일을 손수 깎아주는 친절을 베풀 수 있을까? 갑자기 호세가 거룩한 성자처럼 보였다. 나는 복숭아를 넙죽 받아먹으며 감동스러운 마음으로 고맙다고 인사를 했다. 호세는 씩 웃으며 쿨하게 다시 자신의 길을 나섰다.

내리막을 따라 걷다가 언덕을 오르기도 하며 몇 시간을 더 나아간 끝에, 24.3km 거리이자 오늘의 목적지인 '카르데뉴엘라리오피코^{Cardenuela Riopico}'에 도착했다. 일행들은 멀리 떨어져 있었고 그사이 나는 배낭을 찾은 뒤 식사를 하며 시간을 보냈다. 식사 중에 가만히 생각 해보니, 앞으로 14.4km만 더 가면 고통의 길이 끝나는 부르고스다. 굳이 내일 입성할 필요가 있나 싶었다. 오늘 늦게라도 부르고스에 들어가면, 맛있는 것을 먹으며 시간을 보낼 수 있다. 그리고 내일은 고통의 길을 끝낸 기념으로 온전한 하루의 휴식을 나 자신에게 선물하고 싶어졌다.

마침 도착한 일행들에게 양해를 구하며 길을 나섰다. 배낭을 부칠 수 있는 시간이 지나서 오랜만에 배낭을 다시 짊어졌다. 가장 더운 오후 시간이었지만 다행히 무릎은 아프지 않았고 조금씩 천천히 걸을 수 있었다.

이 구간은 순례자들에게 지겹기로 유명한 곳이다. 짧은 흙길이 끝나면 콘크리트 길을 10km 가까이 따라 걸어야 하기 때문이다. 대도시이기 때문에 부르고스 초입에 들어가서도 알베르게까지 1시간 정도 더 걸어가야 한다.

분명 거의 다 도착한 줄 알았는데 도시를 따라 걸어도 걸어도 끝이 보이지 않았다. 순례자 길 찾기용 앱을 켜서 보니 아직도 길이 한참 남았다.

그 뒤 외곽부터 도심을 가로질러 드디어 부르고스 대성당을 마주했다. 2014년에 첫 번째 순례길을 걸었던 것을 포함하면 800km를 완주했다. 오늘 정확히 새벽 4시 20분에 출발해 총 38.7km를 13시간 동안 걸어, 오후 5시가 조금 넘은 시간에 도착할 수 있었다. 나는 300km의 고통의 길이 끝났음을 실감했다.

혹시 공립 알베르게에 자리가 없을지 걱정했는데 다행히 넉넉히 남아있었다. 나는 짐을 풀고 씻자마자 첫 번째 순례에는 구경하지 못했던 부르고스 성당 내부로 향했다.

다행히 아직 관람 가능 시간이어서 여유 있게 성당을 둘러볼 수 있었다. 부르고스 대성당은 화려한 스페인 성당중에서도 큰 규모인지라, 장엄하기가 이루 말할 수 없었다. 산티아고 순례의 장점 중 하나가 걷는 길에서 자연스럽게 유네스코에 등재된 유적지들을 지나는 것인데, 심지어 순례자 할인 가격으로 관람할 수 있다.

오늘은 고통의 길을 완주했음을 기념하는 세리머니를 하고 싶었다. 부르고스에서 가장 잘나간다는 레스토랑으로 가서 맥주와 치즈 플래터, 새우튀김과 샹그리아로 자축했다. 혼자 신나게 즐기고 있는데 로그로뇨에서 친해진 스페인 순례자 그로세가 나를 발견하고 일행들과의 자리에 초대를 해줬다. 나는 먹고 있던 술과 접시를 옮겨, 2차 회식을 하러 간 기분으로 합석했다. 새로 알게 된 외국 순례자들과 신나게 부어라 마셔라 사진도 찍으며 놀다가 일정을 마무리했다.

Day 12 (19.06.21.) 마을 축제와 홀로서기

부르고스^{Burgos}

0km

새벽부터 길을 걷기 위해 나서는 순례자들을 지켜보다가 다시 잠을 청했다. 오전 8시 무렵 천천히 일어나 짐을 정리한 후, 배낭을 들고 프런트로 갔다. 나는 알베르게 봉사자에게, 걸어오는 동안 무리를 해서 가능하다면 하루 더 쉬고 싶다고 말했다. 공립 알베르게 봉사자가 다행히 자리가 여유 있어서 몇 명은 더 가능할 것 같다고 했다. 나는 비슷한 상황이었던 다른 순례자들과 함께 창고에 배낭을 보관해두고 마을을 둘러보러 나왔다.

비슷하게 이어지는 순례길을 걷다가 오랜만에 이런 큰 도시에서 지내니 풍경이 익숙하지 않았다. 대부분의 사람들은 바빠 보이고 시골 마을에서처럼 인심 좋게 인사를 받아주는 사람들도 많이 줄었다.

그런데, 그게 바로 지난날의 내 모습이었다. 서울에서의 나는 항상 바빴고 누가 무슨 일을 하든지 별로 관심이 없었다. 늘 지쳐있어서 표정부터 무뚝뚝했다. 이것 또한 순례길의 매력이다.

당연하게 지내오던 내 삶을 제3자의 입장으로 다시 새롭게 바라볼 수 있는 시간이다.

한 바퀴 돌아다니는 동안 소문을 들으니 마침 오늘이 국경일이라고 한다. 일행들이 오전 일찍 부르고스에 도착하면 마을 축제를 함께 구경하기로 했다. 휴일이라 은행이 영업하지 않아서 부르고스에서도 병원비를 입금하지 못했다. 혹시 무릎이 다시 아플까 봐 약국에서 소염진통제인 이부프로펜만 비상용으로 사서 기다리니 일행들이 도착했다.

일행들에게 부르고스 대성당을 보여준 뒤 마을 축제가 벌어지는 곳으로 발걸음을 옮겼다. 이미 가는 길에서부터 주민과 순례자, 관광객 행렬이 한 데 모여 이동하고 있었다.

플리마켓과 군것질거리가 펼쳐져 있고 길거리 공연이 있는 곳을 지나니 큰 불판에서 바비큐를 팔고 있었다. 마을 사람들이 하나같이 바비큐와 맥주를 사 먹으며 축제를 즐기고 있었다. 우리도 바비큐와 술을 사서 현지인 틈에 앉아 즐겁게 먹고 마셨다. 옆에서는 야외 클럽이 개장해서 젊은 스페인 사람들과 관광객들이 한데 어우러져 있었다. 나는 정신없는 분위기에 금방 피곤해져서 먼저 알베르게로 돌아갔다. 배낭을 찾고 침대를 다시 배정받아, 스페인 사람들처럼 낮잠을 자며 시에스타를 즐겼다.

오후에 마을을 산책하고 있는데 이집트 다합에서 만나 함께 순례를 왔다던 한국 순례자들이 카페에 앉아 회의를 하고 있었다. 일행 한 명이 건강상의 문제와 앞으로의 일정이 촉박해 먼저 레온으로 버스를 타고 이동하기로 했단다. 나머지 일행들은 레온까지 200km의 거리를 매일 50km씩 4일에 걸쳐 주파하고, 레온부터 먼저 이동한 순례자와 함께 걸을 거라고 했다. 이제 한낮의 온도는 40도 가까이 치솟았다. 스페인의 폭염이 순례자들을 괴롭히고 있던 시점이라 걱정스러웠다. 일행의 리더 역할을 하던 순례자가 내 묵주 이야기를 알고 있어서 걷기 전에 잠시 빌려 기도하고 싶다고 했다. 나는 기꺼이 묵주를 빌려주었다. 그들은 나와 다른 순례자들의 우려 속에서도 반드시 완전체로 걸어야 한다며 씩 웃고서 일행과 함께 출발했다.

순례길을 걷는 이유는 다양하다. 다합에서부터 순례를 이어

온 일행이니 가족처럼 함께하는 의미가 있겠다는 생각이 들었
다. 이후 그들에게서 계획대로 잘 도착했다는 연락을 받았다.

늦은 오후, 부르고스가 한눈에 보이는 언덕 위 옛 성에 올라 흘러가는 구름을 멍하니 지켜보았다. 순례길 초반에는 분명 내면 관찰이라든지 생각들을 꽤 정리하며 걸었는데 무릎을 다친 이후부터는 아무 생각 없이 걸었다. 구름이 지나가는 모습을 보며 '오늘 하루도 이렇게 행복한 시간과 풍경을 많은 사람과 함께하는구나' 하는 생각이 들어서 충족감이 밀려들었다. 부르고스까지 오면서, 속에 있던 아픔이나 걱정처럼 많은 것이 비워지고 있는 게 느껴졌다.

이제 길을 걷고 있는 온전한 '나' 자신만 남았다.

다합 순례자들처럼 일행과 같이 걷는 것도 의미 있겠지만, 반대로 나는 일행들과 헤어져야 할 때가 왔다는 생각이 들었다. 2014년 첫 번째 순례 때 이미 일행과 끝까지 걸어본 경험이 있던 나로서는 이번엔 혼자만의 쉼과 내면에 집중해보고 싶었다. 아마 고통의 길을 일행들과 함께 걷지 않았다면 남은 길을 혼자 걸을 엄두가 나지 않았을 거다. 좋은 일행들 덕분에 자존감과 마음을 따뜻하게 회복했고, 혼자 걸을 힘이 생겼다.

다시 광장으로 내려가 노을이 지는 대성당을 보며 시간을 보내다, 일행과 합류해 어제 파티를 열었던 레스토랑으로 갔다. 한창 분위기가 무르익을 때쯤 일행들에게 여기서부터는 혼자 걷고 싶다고 말했다. 덕분에 이곳까지 올 수 있었고 혼자 걸을 힘이 생겼다고 감사하다는 말도 덧붙였다. 대부분 예상했다는 반응이었으나 눈물을 보이는 일행도 있었다. 서로 아쉬움을 나누며 부르고스까지 통역을 담당하며 도와줘서 고맙다는 인사를 받았다. 나는 아쉬움을 애써 흩어버리고, 이제 정말 나만의 순례가 시작될 거라는 설렘을 부여잡았다.

명상의 길

마음의 바닥과 회복

Day 13 (19.06.22.) 황무지에서의 떡볶이

부르고스^{Burgos}

온타나스^{Hontanas}

31.1km

준비를 끝내고 프런트로 가서 알베르게 봉사자에게 인사를 했다. 어느 호텔의 지배인이라고 해도 믿을 수 있을 정도로 기품 있는 노년의 봉사자였다. 하루 더 머무를 수 있게 해주어 감사하다는 인사와 함께 악수를 청했다. 봉사자는 '머무를 수 있게'라는 말을 듣자마자 오늘도 흔쾌히 배낭을 받아주려고 했다. 나는 손사래를 치며 감사 인사였다고 설명한 뒤 빙긋 웃었다. 격식 있는 모습과 맑은 눈을 보며, 나도 이렇게 나이 들 수 있다면 정말 행복하겠다는 생각이 절로 들었다.

　새벽의 부르고스는 성당 위로 아직 달이 밝게 떠 있었다. 새로
운 루트로 접어드는 시작점에서 앞으로 가야 할 길을 안내해주
는 것 같았다. 부르고스는 2014년 첫 번째 순례의 출발지였기
때문에 내게는 큰 의미가 있다. 순례자는 배낭에 순례자의 표시
로 조가비를 매달고 걷는다. 당시 나는 조가비를 너무 서투르게
묶어서 두 번이나 땅에 떨어트렸는데, 뒤에 따라오던 처음 보는

네덜란드 할아버지가 건네준 적이 있었다. 그때 생각이 나 잠시 감상에 젖었다. 부르고스 도로변을 걷던 중에, 차를 타고 지나가던 부르고스 주민도 떠올랐다. 경적을 울리며 "부엔 까미노!"하고 쿨하게 지나가던 순간과 그때 마주쳤던 각국의 순례자들이 스쳐 지나갔다.

이제는 새로운 기억으로 걸어 나가야 한다.

부르고스부터 온타나스까지는 황무지라고 해도 과언이 아닐 정도로 척박한 길이 이어진다. 중간 마을에서 잠시 쉬던 중에, 산토도밍고 데 라 깔사다에서 만났던 순례자를 마주쳤다. "혼자 걷게 되었으니 이제 너에게 집중할 수 있겠네"라고 위로해주었던 미국 순례자였다. 오랜만에 보았던지라 안부를 묻는데, 표정이 좋지 않다. 이유를 물으니 무릎이 너무 아파 산을 넘을 수가 없어서 부르고스까지 버스를 타고 넘어왔단다. 무릎은 이제 괜찮은데 건너뛴 코스가 있어서 그런지 마음이 좋지 않다고 했다. 내가 괜찮다고 말해줘도 스스로 정한 기준에 부합하지 않은 모양인지 표정이 풀리지 않았다. 나중에는 이 순례자도 순례길이 계획대로만 될 수 없음을 깨닫고 괜찮아질 거라 생각했다. 나는 비상용으로 챙겨두었던 소염진통제 몇 알을 나누어주는 것으로 마음을 대신했다.

아무것도 없을 것 같은 황무지가 끝없이 이어졌다. 그러다 분지 형태의 온타나스Hontanas가 순례길의 트레이드마크인 노란 화살표와 함께 나타났다. 알베르게에 자리를 잡고 수제 햄버거와 맥주로 점심을 먹고 있으니, 목적지가 같았던 헤어진 일행들이 나타났다. 멋쩍게 웃으며 환영했고 운이 좋게도 일행 한 명이 한국에서부터 가져온 즉석 떡볶이를 만들어 줘서 얼굴에 철판을 깔고 얻어먹을 수 있었다.

사실 무거운 배낭에 짊어지고 오면서 먹고 싶은 걸 힘들게 참다가 이제야 먹는 걸까 싶어 참아보려 했다. 하지만 저절로 주방에 기웃거리게 되는 다리와 지진 난 동공, 꿀꺽 삼켜지는 침을 막을 수 없었다. 눈치 없이 귀한 떡볶이 파티에 숟가락을 보탠 것이지만, 일행들은 내 눈빛을 보고 키득거리더니 넓은 마음으로 기꺼이 나누어 주었다. 이날의 떡볶이는 눈이 번쩍 뜨일 정도로 특별한 기억으로 남았다. 첫 번째 순례 때는 식빵에 고추장을 발라 먹으며 행복해했던 기억이 있는데 떡볶이에 비하면 아무것도 아니었다. 나는 순식간에 사라진 떡볶이에 대한 고맙고 미안한 마음을 담아 후식으로 아이스크림을 샀다.

부르고스 이후부터는 평야 지대인 메세타 지역이 넓게 이어진다. 황무지를 전전하며 규모가 작은 마을을 계속 지나야 한다. 마트도 거의 없어 레스토랑을 겸하는 알베르게에서 저녁을 해결해야 하는 경우가 많다. 그래도 알베르게에서 수준급의 순례자 메뉴들을 즐길 수 있다. 나는 체력을 유지하기 위해 다른 지출을 최대한 줄이고 예산을 조정했다.

Day 14 (19.06.23.) 한여름 밤의 말다툼

온타나스^{Hontanas}

보아디야 델 까미노^{Boadilla del Camino}

28.5km

간밤에 알베르게에서 말다툼이 있었다. 상대는 순례길을 걷는 동안 팜플로나에서부터 친해졌던 프랑스 할아버지 순례자였다. 걷는 내내 예민한 성격으로 다른 순례자들과 작은 마찰이 있었다. 열대야가 심해지는 시기였고, 분지 특성상 온타나스에서의 밤은 정말 잠을 이루기 힘들 정도로 더웠다. 같은 방을 쓰던 한국 순례자들은 더위보단 모기를 견디기 힘들어했고, 이 프랑스 순례자는 모기는 상관이 없고 열대야를 더 견디기 힘들어했다.

창가 쪽 자리는 한국 순례자들이 자고 있었고 안쪽은 프랑스 순례자가 있었다. 분명 어제까지 친근한 관계를 유지했지만, 열대야 스트레스 때문에 서로 부딪히게 됐다. 창문을 최소한으로 열자는 쪽과 아예 활짝 열어버리자는 쪽의 의견이 맞섰다. 우리로서는 창문을 조금 여나 활짝 열어 두나 더운 건 마찬가지였지만 프랑스 순례자가 말로는 안 되겠던지 성큼성큼 다가와 창문을 활짝 열어버렸다. 곁에 있던 두 분의 한국 아버님 순례자들이 너무 이기적인 것 아니냐며 불편해하셔서 순례길에서 처음으로 내가 언성을 높였다. 이쪽은 모기가 많아서 창문을 활짝 열면 우리는 더위뿐만 아니라 모기 때문에도 잠을 설쳐야 한다고 말이다.

그랬더니 프랑스 순례자가 문을 반쯤 열면서 이러면 되겠냐고 대꾸하더니 다시 자리로 돌아가 누웠다. 활짝 열건 반쯤 열

건 모기가 들어오는 건 매한가지인데 무슨 소용이람. 서로 원하
는 바가 다른 이상 끝이 나지 않을 싸움이었다. 1시간이 지나도
아버님들이 잠을 이루지 못해, 내가 몰래 창문을 좀 더 닫아버
렸다. 다음 날부터 그 프랑스 순례자는 순례를 그만뒀는지 다른
곳에 머물렀는지 모르겠으나, 산티아고 데 콤포스텔라에 도착
할 때까지 보이지 않았다.

　나의 행동으로 누군가의 순례를 망친 것 같아서 기분이 좋지
않았다. 사실 우리의 행동도 더워하던 순례자에게 이기적인 행
동이었지 않은가? 스페인의 열대야는 사람을 극한까지 몰았다.
잠을 설치더라도 새벽부터 다시 일어나 걸어야 했다. 잠을 충분
히 자지 못해 걸어가는 내내 몽롱했지만, 다행히 졸지는 않았다.
나는 유적지도 감상할 겸, 길가에 잠시 앉아 몽롱함을 덜어내려
했지만 여지없이 모기가 달려들어 길을 재촉해야 했다.

그림 같은 광활한 길이 이어졌다. 거의 매일 보는 풍경이기 때문에 이때쯤부터 아름답다는 감상 자체는 많이 줄어들었다. 익숙한 길이지만 폭염으로 많은 인내를 요구하는 길이다.

그러다 걷는 속도가 비슷했던 한 순례자와 친해졌다. 이 순례자는 부르고스에서 알게 된 다른 순례자가 너무 적극적으로 구애해서 괴로워하고 있었다. 어느 정도였냐면, 이날 나와 같이 길을 걷는 동안에도 그 순례자의 이름과 하트가 그려져 있는 돌멩이가 보였다. 만날 때마다 치근대서 일부러 조금 뒤로 처져서 걷는다고 했다. 나 역시 순례자들을 괴롭게 한다는 한국 순례자에 대한 소문을 들어본 적이 있었다.

순례길은 세계 곳곳에서 수많은 순례자가 오기 때문에, 피하고 싶은 순례자들도 국적 불문 종종 만나게 된다. 우리는 순례길을 온 이유와 서로 살아온 이야기들을 하다가 보아디야 델 까미노^{Boadilla del Camino}에서 헤어졌다. 첫 번째 순례 때 좋은 기억으로 남았던 알베르게가 있는 곳이었기 때문에 이날은 28.5km만 걷고 멈추었다.

보아디야 델 까미노 알베르게에 도착해서 2014년에도 알베르게 및 레스토랑 직원이었던 사람을 다시 만났다. 물론 나를 알아보진 못했지만 5년 전 함께 찍었던 사진을 보여주고 그때도 여기서 머물렀다고 하니 무척 반가워했다. 마음이 아픈 건, 그때는 쾌활하고 흥이 많은 사람이었는데 5년 만에 많이 늙고 지쳐 보여 그동안 삶의 큰 변화가 있었나 싶었다.

저녁으로는 어제와 같이 알베르게에서 제공하는 순례자 메뉴를 먹었다. 이곳 알베르게로 굳이 거처를 정한 이유는, 이곳의 순례자 메뉴가 맛있기 때문이다. 마늘 수프와 생선요리를 선택할 수 있는데 특히 마늘 수프는 한국인 입맛에도 매우 잘 맞다. 나는 이곳에 묵은 다른 한국 순례자들에게도 순례자 메뉴를 추천해주었고 다들 만족해했다.

여름의 순례는 모기와 초파리, 하루살이, 베드버그에 대한 두려움이 매일 따라다닌다. 대낮에는 걷는 도중에 머리 위로 하루살이와 초파리가 종일 달라붙으려 틈을 보고 덤벼든다. 가끔 길을 가다 쉬거나 잠시 짐을 정리하려고 할때도 모기떼가 달려든다. 때문에 숙소에서 자기 전, 매번 벌레 퇴치제를 뿌리고 베드버그가 있는지 확인한다. 나는 아직 물린 적은 없지만 매일 어떤 순례자가 베드버그에 물렸다, 화장실에서 한 마리를 잡았다, 누구의 침낭에서 발견했다는 이야기가 들려온다. 그래서 잠자리에 들 때마다 항상 긴장의 연속이다. 그러지 않아도 핸드폰 알람을 진동으로 해놓고 베개 밑에 두기 때문에 신경을 곤두세우고 잔다. 부르고스 이후부터는 스페인 폭염 뿐만 아니라 많은 것들이 순례자들을 방해한다.

Day 15 (19.06.24.) 아리랑, 마음의 둑을 허물다

보아디야 델 까미노Boadilla del Camino

까리온 데 로스 꼰데스Carrion de los Condes

24.6km

다행히 간밤에는 푹 쉴 수 있었고, 나는 푸른 새벽에 다시 길을 나섰다. 날이 서서히 밝아오면서 비가 쏟아지기 시작했다. 며칠 전부터 하늘에서 인공 강우를 발견했다. 혹시라도 화학물질이 섞인 비라면 그냥 걷기에는 건강에 좋지 않을 것 같았다. 우거진 나무 아래에 배낭을 놓고 우의를 꺼내 입는데, 역시나 모기가 그 틈을 놓치지 않고 눈두덩을 물었다. 순례길을 걷다가 처음으로 입 밖으로 소리 내어 욕을 했다.

이날은 수로가 있는 마을을 지났다. 잠시 비를 피하고 쉬어갈 겸 마을 카페로 향했다. 이곳에서 어제 같은 알베르게에 묵었던 한국 순례자를 만났다. 서로 반가움을 표하며 빵과 주스를 시켜 먹고 함께 길을 나섰다.

조금 무서웠던 첫인상과 달리 대화가 잘 통해서 마음속 깊이 있는 이야기까지 공유하게 되었다. 나의 경우 유학을 준비하다 국제 NGO에 간 이야기부터 아버지께서 돌아가시게 되기까지의 아픔을 나누었다. 이 순례자는 미국 한인타운으로 건너가 가게 화장실 청소부터 시작해 매니저가 되기까지 고생한 이야기를 들려주었다. 이후에는 미국 전역을 돌며 푸드트럭으로 성공했다고 한다. 알고 보니 나이도 동갑이어서 금세 친해졌다. 이 과정이 서로에게 좋은 영향을 주었던 것 같다. 특히 나에게는 응어리져 있었던 이야기들을 처음으로 토해내게 된 순간이

었다. 이 대화는 남은 순례길에서 어떤 부분을 고민하며 걸어야
할지 방향을 다시 정하는 데 큰 도움이 되었다.

서로를 응원하며 작별 인사를 나눈 뒤, 나는 24.6km 지점인
까리온 데 로스 꼰데스^{Carrion de los Condes}로 갔다. 규모가 있는
마을에 도착하면, 진료비를 납부할 은행인 이베르카하가 있는
지를 습관처럼 먼저 살피게 된다. 납부 기한이 얼마 남지 않아
마음이 조급해졌다. 혹시 몰라 다른 은행에 들러 직원에게 물어
보았더니, 이곳에서도 납부를 도와줄 수 있지만 내일 오전 영업
시간에 와야 한다고 했다. 아쉽지만 새벽부터 길을 걸어야 하니
17km 떨어진 다른 은행에 오전 영업시간 중 들르기로 했다.

스트레스를 심하게 받아서 기력을 보충하기 위해 동네 레스
토랑에 앉아 버섯 수프를 먹었다. 순례길에서는 자신을 위해 해
줄 수 있는 보상으로 맛있는 것을 먹는 것만 한 게 없다. 나는 순
례길을 걷는 동안 음식만큼은 돈을 아끼지 않았다. 스페인 물가
가 한국보다 싼 게 참 다행인 일이다. 짐은 까리온 데 로스 꼰데
스의 수녀원 알베르게에 풀었다. 첫 번째 순례에서도 친절했던
수녀님에 대한 좋은 기억이 있는 알베르게다. 이곳의 특별한 점
은 등록 후 특정한 일정이 있다는 것이다. 우선 머무르는 순례
자들을 모두 불러 모아 서로 알아가는 시간을 가진 후, 희망자
는 미사에 참석하고 식사를 함께한다. 기도를 위해 수녀님들은

먼저 성당으로 향하셨고, 나는 성당을 구경할 겸 따라갔다가 천상의 목소리를 마주했다.

수녀님들은 성가를 부르며 기도를 드렸다. 나는 뒷자리에 앉아 눈을 감고 노래에 집중했는데, 폭염과 벌레 걱정으로 매일 이어졌던 긴장이 풀려나갔고 나도 모르게 눈물을 글썽이고 있었다. 길을 걷는 동안 내 마음은 견고했고 무릎이 아파도 굴하지 않고 한계를 이겨내며 걸었다. 울고 싶었지만 실제로 눈물을 흘리지는 않았다. 사실 기쁠 때 웃고, 슬플 때 우는 건 자연스러운 것인데도 그랬다. 있는 그대로 받아들여 보기로 마음먹었음에도 쉽지 않았다. 나는 항상 강해야 한다는 의무감이 있었나 보다. 사실, 순례길에서만 그런 게 아니라 살아온 삶이 그랬다. 약한 모습을 보이면 지는 것으로 여겼고, 인생을 레이스라고 생각했고, 완벽해야 했다. 수녀님들의 노래를 들으며 마음 한편이 둑이 터지듯 뚫리더니 눈물이 차올랐다.

그 뒤 모임 시간이 되어 성당에서 나와 알베르게 1층으로 향했다. 수녀님들이 순례자들을 위해 중앙 홀에 자리를 마련하여 성당에서처럼 노래를 불러주셨다. 스페인어라서 의미도 모를 노랫소리가 너무 아름다워 다시 눈물이 맺혔다. 내가 왜 이러는 것인지, 눈이 시뻘게질 정도였다. 생각해보면 목소리를 통해 위로를 받았던 것 같다. 마치 "그래, 너 힘들었던 거 다 안다"라고 말하며 누군가 안아주는 느낌이었다.

수녀님께서 이 모임은 사진이나 영상으로 찍지 말고 오로지 마음에만 간직하면 좋겠다고 하셨다. 온전히 나에게 그리고 서로에게 집중했다. 수녀님들의 노래가 끝난 후, 순례자들끼리 돌아가며 이름과 국적, 순례길에 온 목적을 이야기하는 시간을 가졌다. 나는 아버지께서 지난해 돌아가셨고 힘든 시간을 거쳤는데, 이를 기억하고 앞으로 살아나갈 힘을 얻고자 왔노라고 이야기했다. 서른 명 가까이 되는 순례자들이 초롱초롱하게 나를 바라보는 그 따뜻한 눈빛에 감동해서 울컥했다. 소중한 사람을 잃고 온 사람들뿐 아니라 인생을 고민하고자 온 사람, 전환점을 만들러 온 사람 등 수많은 이유들을 들었다.

이후, 순례자들이 4곡 정도 자원해서 노래를 부르는 시간을 가졌다. 기타 반주와 함께한 네덜란드 순례자의 아름다운 음색을 들은 다음, 수녀님께서 뜻밖의 제안을 하셨다. 자신이 한국 노래 1절을 불러줄 테니 2절을 불러보라고, 나와 한 명의 한국 순례자에게 말씀하셨다. 걱정 반 기대 반으로 반강제 수락을 했는데, 완벽한 발음으로 부르시는 노래가 무려 아리랑이었다. 스페인 수녀님께서 부르는 아리랑이라니! 나는 놀라운 마음을 뒤로하고 수녀님과 순례자들에게 감사한 마음을 담아 2절을 불렀다. 처음 보는 한국 순례자와의 합도 좋았고, 이날 특히 목 상태가 좋았는지 아름다운 목소리였다는 칭찬을 받았다.

다른 순례자들의 노래가 끝난 후, 순례자 특별미사와 식사를 함께 했다. 이곳에서 다른 순례자들의 에너지가 너무 크게 다가온 덕에, 내 마음속에 응어리져 있던 것이 풀려나갔다. 이상하게 순례길 중간쯤부터 자꾸 눈물을 글썽이게 됐는데, 길의 끝에서는 펑펑 울면서 많은 것을 내려놓을 수 있을 것 같단 생각이 들었다.

까리온 데 로스 꼰데스 성당 수녀님들의 성가

Day 16 (19.06.25.) 베드버그와 이방인

까리온 데 로스 꼰데스^{Carrion de los Condes}

모라티노스^{Moratinos}

29.9km

간밤에 베드버그에게 심하게 물렸다. 자면서 모기가 문 것처럼 양쪽 엉덩이 아랫부분과 허벅지가 간지럽기 시작했다. 잠결에 생각하기를, 모기가 물었다면 이렇게 일렬로 가려운 부분이 생길까 싶어 정신이 번쩍 들었다. 화장실로 가서 핸드폰 조명으로 살펴보니 크게 벌레 물린 자국이 가득하다. 정말 심한 사람은 두드러기나 알레르기 반응이 온다던데, 다행히 나는 물린 부분만 심하게 가려운 정도였다. 분명히 자기 전 침대에 벌레 퇴치제를 듬뿍 뿌렸는데도 아무 소용이 없었다.

시계를 보니 새벽 5시가 겨우 넘었다. 빨리 정신을 추스르고 혹시 몰라 한국에서 가져 온 물파스형 벌레 약을 바르고 항히스타민제를 먹었다. 조금 지나니 일시적으로나마 가려움이 가라앉는다. 잠이 더 오지는 않을 듯해서 짐을 챙겨 길을 나섰다.

걷기 시작한 새벽부터 1시간가량 꽤 많은 비가 내렸다. 우의를 입고 걷다가 비가 그치고 해가 떠서 우의를 집어넣었는데, 해가 뜬 채로 다시 비가 온다. 오전 내내 날씨가 심하게 오락가락해서 맑아도 우의를 입고 걷고, 비가 오는데도 선글라스를 끼고 걸었다. 이를테면 올인원 패션이다.

걸어가는 중에도 계속 베드버그에 물렸다는 공포감이 몰려온다. 처음 겪는 일이라 대처 방법을 잘 몰라서 더욱 그렇다. 애써 정신을 가다듬고 빠르게 목적지까지 가서, 모든 의류와 배낭까지 세탁하고 일광건조를 하기로 마음먹었다. 마음이 급하니 발걸음도 빨라진다.

이 와중에도 아름다운 평야는 계속 이어졌다. 오전 9시 반쯤까리온 데 로스 꼰데스에서 17km 떨어진 '칼사디야 데 라 꾸에사$^{Calzadilla\ de\ la\ Cueza}$'에 도착했다. 어제 진료비 납부를 도와주겠다고 했던 은행 지점으로 갔다. 나는 진료비를 납부하고 싶다고 했다. 가뜩이나 베드버그 때문에 심하게 우울해져 있던 상태인데, 돌아온 대답은 "No!"였다. 스페인도 은행 문턱이 참 높다. 다른 곳은 다들 친절한데 은행은 가는 곳마다 순례자를 걸인 보는 눈빛으로 위아래를 훑어보며 무례하게 대한다. 이 은행의 타지점 직원이 이곳에서 오전에 입금이 가능하다고 했다고 설명해도, 잠시 주저하더니 "No! Leon!"이라고 강하게 대답한다. 구글맵을 켜서 검색하니 제일 가까운 이베르카하는 레온에 있다. 거기로 가라는 뜻이다.

이제 납부 기한이 5일 남았다. 사흘 후인 6월 28일이 금요일이니 주말 전 은행에 입금하려면 사흘 안에 레온까지 가야 한다. 80여 km 떨어진 레온의 이베르카하에, 영업시간인 오전 내로 찾아가 입금을 완료해야 한다는 뜻이다. 정상적인 스케줄이면 가능하지만, 혹시 무릎이 다시 아프거나 돌발 상황이 생기면 아슬아슬해진다. 나는 이를 악물고 은행을 나왔다.

걷는 동안 속에서 화가 나 걸음이 빨라진다. 순례길이 아무리 좋아도 어찌 되었든 나는 스페인에서 이방인이라는 생각이 든다. 여행자 신분이니 당연한 일이다. 한국의 의료시스템과 행정 처리, 은행의 친절함과 전산시스템이 비교될 수밖에 없다. 유럽 어디를 가봐도 한국만큼 빠르고 친절한 서비스는 없다. 기분 전환이 필요했다. 나는 호텔 예약 앱으로 오늘의 목적지인 모라티노스Moratinos의 사립 알베르게에 싱글베드를 예약했다. 평소보다 10유로 정도의 금액이 더 들어가지만, 이런 날은 잘 먹고 마음 편히 잘 쉬어야 마음을 회복할 수 있다.

빠른 걸음으로 순식간에 12.9km를 가서 목적지인 모라티노스에 도착했다. 주인에게 내 침대 위치, 레스토랑과 세탁기 등에 대한 설명을 들은 후 짐을 풀러 방으로 들어갔다. 그런데 설명을 들었던 내 자리에는 이미 짐이 펼쳐져 있었다. 외국인 부녀 순례자가 선객이었다. 방에 들어와 보곤 이층 침대와 싱글 침대가 같은 자리라고 착각한 듯했다. 대학생 정도로 보이는 딸에게 아버지의 마음으로 푹 쉬라고 싱글 침대 자리를 양보했나 보다.

나는 그들에게 인사를 하고, 실례지만 그 자리는 내가 예약한 자리라고 했으나 두 사람은 들은 척도 하지 않고 다른 자리를 쓰라고 한다. 다른 날 같으면 양보를 할지도 모를 일이지만, 오늘은 베드버그와 은행에서의 문전박대로 우울함과 화가 극에 달해 마음의 여유가 없다. 대화가 통하지 않아 다시 내려가서 주인에게 상황을 설명했고, 주인이 직접 올라와 비키라고 단호히 말했다. 딸은 편히 쉴 생각에 들떴다가 실망감이 컸던지, 짐을 발로 밀며 다른 자리로 치우고는 이제 됐냐며 나를 쳐다본다. 피곤으로 극도의 예민한 상태가 되는 순례길에서는 이해가 되는 일이다. 나는 기분이 상했다면 미안하다고 사과했다. 오늘 푹 쉬고 싶어 호텔 예약 앱을 통해 웃돈을 들여서 예약한 자리라고 전했더니, 오해가 풀렸는지 자기들도 미안하다고 사과한다.

가방을 포함해 모든 의류를 세탁기에 돌린 다음 빨랫줄에 널어두고 일광건조 시켰다. 그러고는 레스토랑으로 가서 기분을 풀어줄 수 있는 음식들을 시켰다. 따뜻한 수프를 수저로 입에 떠 넣고서야 조금은 몸 안에 있는 화와 속상함이 풀려나간다. 분명 고통의 길을 지나, 명상의 길을 걷고 있는데 나에게는 이 구간이 정신적 고통의 길이다.

멍하게 밥을 먹으며 앉아있는데 헤어졌던 일행들을 여기서 다시 만났다. 갑자기 안도감이 밀려온다. 음식과 와인을 함께 하며 그동안 어떻게 지냈는지 서로 이야기를 나누었다. 일행들과 재회했다는 이유만으로 여유가 없고 화로 가득 채워져 있던 하루가 완전히 풀려나갔다. 혼자 걷는다는 건 이렇게 감정 기복이 심한 일이구나 하는 생각이 들었다.

나는 왜 이 길을 걷고 있을까?

나는 왜 혼자 걷겠다고 했을까?

마을 언덕에 앉아 지는 노을을 바라보았다. 이제야 순례의 절반이 지나갔다. 지금쯤 되니 내가 무엇을 얻고 싶어 이곳에 다시 온 것인지 기억도 나지 않는다.

순례길은 무언가를 얻으러 와서 결국은 비우고 가는 길이다. 안정적인 직장을 그만두고 굳이 이방인이 된 이 길에서 나는 무엇을 비우고 또 발견하게 될지 궁금해진다.

Day 17 (19.06.26.) 다시 잃어버린 배낭과 46.5km

모라티노스^{Moratinos}

만시야 데 라스 물라스^{Mansilla de las Mulas}

46.5km

다행히 지난밤에는 베드버그에 물리지 않았다. 세탁과 일광
건조로 베드버그가 해결되었다는 뜻이다. 가려운 곳만 다시 벌
레 약을 발라주었다. 이제 2일 안에 레온에 도착해서 진료비를
납부 해야 한다. 납부 기한이 주는 압박감 때문에 며칠째 일어
나자마자 진료비밖에 생각나지 않는다. 그래서 모라티노스 알
베르게에서 배낭을 40.3km 거리의 렐리에고스^{Reliegos}로 미리
보내고, 조금 무리해서라도 긴 거리를 가기로 했다. 그러면 내
일 새벽에 일어나, 24.3km를 레온까지 걸어가서 기한 하루 전
에 은행 업무를 볼 수 있다. 마지막 날 혹시 또 국경일일지 어떻
게 아는가? 새벽이라 알베르게 프런트 문이 닫혀 있어서 배송료
를 봉투에 동봉한 후, 배낭을 프런트 문 앞에 두고 길을 나섰다.
부르고스 이후 처음으로 배낭을 부치는 것이라 몸이 가벼웠다.

순례길에서 보는 일출은 하루가 시작되었음을 알리는 의식이 되었다. 예전에 코맥 매카시의 ≪The Road≫라는 디스토피아 세계관의 책을 재밌게 읽은 적이 있다. 거기서 가장 감명 깊었던 구절이 있다. 매일 고되고 힘든 상황에서 아들이 아버지에게 당신이 했던 가장 용기 있는 일이 무엇이냐고 묻자, 아버지가 아들에게 오늘 아침에 일어난 것이라 대답한다.

나는 그 대답이 좋았다. 용기라는 건 거창한 게 아니라, 매일의 삶을 충실하게 살아내는 것이라고 생각한다. 다른 누구와도 삶을 비교할 필요가 없다. 자신 앞에 놓인 것들을 마주하기 위해 성실하게 하루를 살아낸다면 말이다.

베드버그든, 무릎이든, 진료비든 마주하기 위해 나는 다시 길을 나섰다. 오늘은 새로운 일들이 일어날 것이라는 기대로 마음을 채우면서.

걸어가는 길에 'Ultreia'라고 쓰인 돌을 보았다. 로그로뇨의 성당에서 배운 노래의 제목과 같다. 나는 '한계를 넘어 전진하라'라는 뜻을 곱씹으며 걱정과 서러움을 내려놓았다.

사하군^{Sahagun}에서 10km를 더 가면 '베르시아노스 델 레알 까미노^{Bercianos del Real Camino}'라는 마을이 나온다. 이곳은 첫 번째 순례에서 좋은 추억이 있는 곳이다. 5년 전, 이 마을은 말 그대로 흙집 말고 아무것도 없는 척박한 마을이었다. 담벼락 위에는 방범용으로 보이는 유리 조각들이 박혀 있었다. 알베르게 역시 금이 가고 허름한 곳이어서 무척 당황했었다. 순례자 대부분이 고개를 절레절레 흔들며 빠르게 다음 마을로 이동할 정도였다.

내가 부르고스에서 5년 전, 첫 번째 순례를 시작했을 때 어리바리하며 떨어뜨린 조가비를 주워줬던 네덜란드 할아버지가 이 알베르게에서 생일을 맞이했었다. 알베르게 봉사자가 이 순례자를 위해 작은 빵 위에 양초를 놓아 주었다. 십여 명가량의 순례자들이 선물로 주고 싶은 '가치'를 돌아가면서 말하며 생일을 축하해 주었다. 이 기억은 오래도록 마음속에 아름답게 남았다. 그때 내가 준 선물은 신념^{Faith}이었다.

당시 마을에는 유일한 카페가 있었다. 순례길에서 만나 순례
자 부부가 된 카페 주인과 레오라는 이름의 귀여운 아들이 있는
곳이었다. 레오가 어른이 되면 어떤 직업을 가지면 좋겠는지 부
부에게 묻자, "그냥 행복하면 좋겠어(Be Happy)"라고 답하던
아름다운 가족이었다. 하지만 5년이 지난 지금은 그 알베르게와
카페가 사라졌다. 대신 마을 외곽에는 으리으리한 사립 알베르
게가, 순례자 부부와 레오가 있던 카페에는 현대적인 카페가 들
어섰다.

5년 전 레오 가족과 함께 찍은 사진을 카페 직원에게 보여주
었다. 사장이 같은 사람이냐고 묻자, 직원이 그 가족은 떠났다고

말해주었다. 마음이 씁쓸했다. 첫 번째 순례에서 아름다운 기억으로 남아있던 곳들이 5년 만에 사라졌다. 다시 7.6km를 더 걸어가니 '엘 부르고 라네로^{El burgo Ranero}'라는 마을이 나타났다.

이곳에는 놀랍게도 신라면과 햇반을 각각 3.5유로, 4유로에 조리해서 파는 식당이 있었다. 먹을지 말지 문 앞에서 한참 고민하던 중, 식당 안에 계시던 한국인 아버님이 나를 발견하고는 어서 들어오라고 손짓했다. 못 이기는 척 들어가서 별 기대 없이 한입 넣는데, 눈물이 날 것처럼 코끝이 찡해졌다. 고생하다 보니 집 생각이 났다.

라면과 햇반의 힘으로 오늘의 목표인 40.3km를 결국 걸었다. 그런데, 렐리에고스 공립 알베르게로 갔는데 배낭이 없다. 이미 오후 4시였으므로 배낭이 없다는 건 배송 실수가 있었다는 뜻이다. 또다시 배낭을 잃어버렸다. 그래도 한 번 겪어본 일이라 그런지 의외로 아무렇지 않았다. 다행히 알베르게 봉사자의 도움으로 배송 업체와 연락이 닿았는데, 한국인이 순례길을 많이 걸어서 그런지 무려 카카오톡으로 연락이 왔다.

이유인즉, 모라티노스 사립 알베르게의 실수로 오후에야 접수되어, 배송 업체가 내일까지 레온으로 배낭을 보내 주겠다는 내용이었다. 배낭이 없는 건 상관없었지만 졸지에 땀과 먼지 범

벽인 상태로 하루를 보내고 자야 할 처지가 되었다. 순례자에게 샤워는 의식주만큼이나 중요한 매우 기초적인 의식이다. 폭염 속을 걷고 샤워를 못 한다는 건 괴롭고 힘든 일이다. 많은 순례 자가 공감하겠지만 순례길을 기쁘게 걸을 수 있는 이유는, 오늘도 길의 끝에서 따뜻한 물로 샤워하고 맥주 한잔을 할 수 있다는 기대감 때문이다.

마을 펍에서 맥주를 마시며 내린 결정은, 6.2km 떨어진 마을 하나를 더 걸어가는 것이었다. 다음 날 레온으로 가는 시간을 줄여, 은행을 일찍 들르고 배낭을 찾기로 했다. 분노를 흩어버리기 위해서는 걸으면서 마음을 진정시킬 필요가 있었다. 며칠 동안 벌레와 비, 폭염, 스페인 은행에서의 문전박대, 배낭 분실을 겪었다. 마음의 바닥을 볼 정도로 우울한 일이 많았는데, 일부러라도 일정에 변화를 주어 부정적인 의식의 흐름을 깨고 싶었다.

나는 오는 길에 보았던 'Ultreia'를 다시 떠올렸다. 한계를 넘어, 다시 한번 이겨내 보고 싶었다. 가장 더운 늦은 오후, 마음을 가다듬고 6.2km를 더 가서 만시야 데 라스 물라스^Mansilla de las Mulas까지 걸었다. 총 46.5km 분노의 질주를 한 다음 어기적거리며 간신히 공립 알베르게의 문을 열었다.

입구부터 익숙한 느낌이 들었다. 알고 보니 놀랍게도 내가 5년 전 묵었던 알베르게였고, 그때 주인아주머니가 그대로 있었다. 나는 너무 놀라 당신이 5년 전에 한국 순례자들에게 아리랑을 불러보라 하지 않았느냐며 사진을 보여주면서 반가움을 표했다. 오늘 46.5km를 걸은 이유와 배낭이 없는 이유도 설명했다. 갈아입을 옷이 없어서 샤워도 못 할 것 같아 난감하다고 말하며 웃었더니 주인아주머니가 "Don't worry, be happy." 노래를 흥얼거리며 따라오라고 했다. 창고에서 샴푸와 타월, 침낭, 양말, 속옷, 신발까지 풀세트로 건네주며 샤워하고 쉬라고 했다. 이것이 기적이지 무엇이 기적이겠냐는 생각이 들었다.

나는 진심을 담아, 주인아주머니의 눈을 보며 "세뇨라, 무챠스 그라시아스"라고 감사를 표했다.

그뿐 아니라 이날은 길에서 만나 친해졌던 한국 순례자 둘과 우연히 재회한 덕에 신나게 수다를 떨며 스트레스를 날려버릴 수 있었다. 인심 좋은 한국인 부부 순례자의 저녁 식사에 초대받아 한국식 짬뽕까지 맛보는 행운을 누렸다.

저녁 식사 후에는 같은 알베르게에 있던 외국 순례자들이 기타를 치며 〈Ultreia〉를 부르는 걸 감상했다. 5년 전, 같은 자리에서 세계 각국에서 온 순례자들과 U2의 〈With Or Without You〉를 함께 불렀었다. 같은 공간에서 과거와 현재의 모습이 오버랩 되었다. 이 길은, 사라진 추억도 있지만 다시 새로운 기억이 만들어지는 길이었다. 그렇게 긴 시간을 흘러왔다는 생각이 들었다.

이제 순례길에서 끊임없이 되뇌는 두 가지는 '이것이 인생이다'라는 뜻의 'C'est La Vie'와 '한계를 넘어 전진하라'라는 뜻인 'Ultreia'다. 오늘 유독 생각났던 'Ultreia'는 영원히 잊지 못할 말이 될 듯하다.

아무것도 없이 힘겹게 도착했던 이방인인데도, 부족하고 헐벗고 고생한 나에게 모든 사람이 아무 조건 없이 모든 것을 주었다.

Day 18 (19.06.27.) 레온, 명상의 길 완주

만시야 데 라스 물라스^{Mansilla de las Mulas}

레온^{Leon}

18.1km

오늘부터 기록적인 폭염이 순례길을 덮쳤다. 새벽을 제외하면 조금만 걸어도 땀이 비 오듯 했다. 짧은 거리여서 새벽 6시 반부터 걷기 시작해 10시 반 정도쯤 레온에 도착했다. 드디어 이베르카하에서 진료비를 입금하는 데 성공했다. 후련한 표정으로 입금 완료를 기다리고 있었더니, 은행원이 로그로뇨 병원이라고 청구서에 적혀 있던데 무릎이 아픈데도 여기까지 300km를 11일 만에 걸었냐면서 무척 놀라워했다. 내 마음에 금세 여유가 생겼는지, 죽을 뻔했다고 너스레를 떨면서 웃었다.

검색을 통해 알아보니, 순례를 마친 후 한국에 돌아가서 보험사에 진료 영수증 캡처본과 함께 청구하면 전액을 받을 수 있었다. 은행에 얼른 가야 한다는 부담감으로 걸었던 명상의 길은 레온에 도착함과 동시에 끝이 났다.

가우디의 아름다운 건물과 레온 대성당이 그제야 눈에 들어왔다. 일찍 도착한 지라 아직 알베르게도 닫혀 있고 배낭도 도착하지 않았다. 나는 기다리는 동안 명상의 길에서 고생한 나를 위해 레온 대성당이 보이는 파인 다이닝에서 근사하게 점심 식사를 했다.

시에스타 시간에 숙소에서 낮잠을 실컷 자다 일어나 레온 성당을 구경하고, 저녁으로 일식 다이닝을 찾아갔다. 초밥과 롤, 돈카츠 라멘을 먹으며 아시아 요리에 대한 그리움을 풀어낼 수 있었다. 식당의 특이한 점은 일식 레스토랑이지만 중국인이 주인이었다. 내가 계산하면서 "하오츠(맛있다)" 했더니 주인이 웃으면서 아주 좋아했다. 근사한 식사와 휴식 덕에 고통을 긍정적으로 잊어갔다.

부르고스에서처럼 레온도 축제 기간이어서 저녁 시간 대성당 앞은 공연이 한창이었다. 배도 부르고 축제도 구경하며 모처럼 도시에서 문화생활을 즐기니 기분 좋은 여유가 돌아왔다.

나는 동네 펍에 앉아 200여 km에 달하는 명상의 길을 혼자 정리해보았다. 돌이켜보면 내 안의 욕심을 내려놓는 훈련이자 내면을 깊이 관찰하는 과정이었다. 부르고스부터 레온까지 모기와 베드버그로 고생했고 비를 자주 맞았으며 폭염을 겪었다. 거기다 병원비를 내러 은행에 들를 때마다 문전박대를 당했고 배낭도 두 번째로 배송이 잘못되었다. 처음에는 많이 억울했다. 그런데 레온에 도착한 뒤 그동안의 일을 정리하다 보니, 막상 이런 생각이 들었다.

내가 너무 욕심이 많았구나. 한국처럼 벌레가 없기를 바랐고, 비를 한 번도 안 맞길 바랐고, 덥지 않기를 바랐구나. 한국의 공공서비스 시스템을 스페인에서도 당연히 적용받길 바랐구나. 배송도 사고가 나지 않길 바랐구나.

이곳은 한국이 아니라 산티아고 순례길이었다. 당연하게 생각하던 것들이 사실 욕심임을 깨닫는 순간, 마음이 조금 편안해졌다. 순례길에서 많은 것을 가져가고 싶은 것 또한 내 욕심이었다.

이 길 위에는 생각이 있는 것이 아니라, 그냥 내가 있을 뿐이다.

벌레를 싫어하는 나,
목이 마른 나,
사람을 좋아하는 나,
틀에 박힌 걸 싫어하는 나,
빨리 다음 목적지로 가고 싶어 하는 나.
이제 500km를 걸었고 내일부터 남은 300km인 깨달음의 길이 시작된다. 나는 처음 마음과 같이, 그저 나 자신을 관찰하고 내가 무엇을 하고 싶어 하는 사람인지 흘러가는 대로 존중하고 받아들여 보기로 했다.

깨달음의 길

나에게 인정받는 길

Day 19 (19.06.28.) 네덜란드 할아버지의 사랑 이야기

레온Leon

오스피탈 데 오르비고Hospital de Orbigo

33.7km

숙소가 열대야로 너무 덥고 주민들이 밤새도록 축제를 즐기는 바람에 소음이 심해 제대로 잠들지 못했다. 새벽 4시 반쯤 눈이 떠진 김에 일찍부터 걷기로 하고 짐을 주섬주섬 챙겨 길을 나섰다. 분명 새벽인데도 취객들이 거리에 남아 눈을 게슴츠레 뜨고 순례자들을 구경하길래 걸음을 빨리했다.

번화가를 벗어나니 유명한 순례자 동상과 텅 빈 새벽 거리가 나타났다. 어제 이 거리가 축제를 즐기려는 주민과 방송국 차량으로 가득했던 게 믿기지 않을 만큼 고요했다.

레온을 벗어나기 직전, 새벽에 일을 나가는 사람을 대상으로 하는 츄러스 가게를 발견해서, 핫초코와 츄러스를 사서 먹었다.

오전 7, 8시쯤이 되니 순례자들이 하나둘 나타났다. 그중 네덜란드에서부터 3,100km를 걸어온 마셸이라는 63세 할아버지와 자연스럽게 이야기하며 걷게 되었다. 눈이 참 맑고 깊어 보이는 사람이라 호감이 갔다. 마셸과 서로 살아온 이야기를 하며 근처 카페에 앉아 음식을 나누어 먹었다. 마셸은 아침과 점심을 전날 마트에서 산 식빵과 식재료로 샌드위치를 만들어 먹었다. 내게 샌드위치를 흔쾌히 나누어주었고 나도 레온에서 산 과일을 함께 나누었다.

이야기를 이것저것 하다 보니 마음이 통하는 것 같아 내 고민을 털어놓았다. 경험상, 나이가 지긋하도록 맑은 눈을 유지하는 사람에게는 항상 배울 점이 있다. 나는 순례길 초기부터 갖고 있던 내면의 화를 풀어내고 싶어 사랑을 주제로 꺼내었다.

"처음 누군가를 만나 사랑했을 때는 무척 설렜고 기분이 좋았어. 그런데 나이가 들수록 감정이 무뎌지는 건지, 사랑이 무엇인지 정의가 희미해져 가는 것 같아. 나이가 들면 사랑의 의미가 달라지는 걸까? 어떻게 생각해?"

질문의 의도를 바로 알아들었는지, 마셀의 대답이 우문현답이었다.

"굳이 누군가를 일부러 만날 필요 없어. 너의 감정과 느낌이 시키는 대로 해. 사랑할 때만큼은 눈으로, 머리로 하지 말고 가슴으로 해. 만약, 가슴이 떨리지 않는다면 아무도 안 만나면 되는 거야. 조급하게 누군가를 눈으로 찾지 말고 시간을 여유 있게 두고 찾아봐."

그러고선 자신의 상황을 예로 들었다. 자신은 마흔 살이 넘어서야 지금의 아내를 만났고, 가슴으로 품어 입양한 17세의 딸과 15세 아들이 있단다. 가족사진을 보여주곤 흐뭇하게 웃더니 마침 생각난 김에 아내에게 전화해야겠다며 통화를 했다. 진심으로 가족들을 사랑하는 게 표정에서 느껴져서 보기 좋았다. 마셀은 사랑을 마트에 비유했다.

"생각해봐. 어느 날 마트에 가는 거야. 거기에 너의 운명의 짝

이 있다고 상상해봐. 그 사람의 조건, 배경, 학벌 등 아무것도 모르지. 단지 누군가의 눈빛이나 행동, 내 감정의 떨림만이 느껴질 거야. 사랑이란 그런 거야. 내가 예언 하나 하자면, 너는 분명 그런 상대를 만날 거야. 넌 아직 충분히 어리고 시간은 많아."

그는 내가 몇 마디 안 했음에도 어느 정도 짐작한다는 듯 확신에 차서 이야기했다. 그의 순수한 눈빛은, 어떤 보석보다도 아름답다고 느꼈다. 말뿐인 조언이 아니라, 마셀은 63세가 되어서도 삶으로 자신의 이론이 맞다는 것을 증명해내고 있었다. 그를 보고 있으니, 나이가 들어도 사랑을 진심으로 느끼고 솔직한 마음으로 살아가는 것이 성공한 삶이라는 생각이 들었다.

마셀도 자신의 고민을 나에게 털어놓았다. 하나는 3년이 지나면 정년퇴직을 해야 한단다. 산티아고에 도착할 때까지 은퇴 이후 제2의 삶에 대해 가닥을 잡고 싶은데 아직도 모르겠다는 것이었다. 또 하나는 산티아고에서 네덜란드로 돌아가는 항공권을 인터넷으로 구입하는 것인데, 방법이 어려워서 자신에게는 큰 도전이라고 했다. 내가 도움을 줄까 물으니 산티아고에 도착해서도 힘들면 누군가에게 도움을 구할 테지만, 지금은 자신의 힘으로 해보고 싶다고 했다.

　중간부터 이 대화에 합류한 이탈리아인 파울로는 나이가 18세인데도 우리의 대화에서 느끼는 게 꽤 있었나 보다. 이야기를 살갑게 받아주며 오스피탈 데 오르비고까지 우리와 함께 걸었다. 마셸은 이야기를 하다 보니 너무 즐겁고 시간이 빠르게 간다며 산티아고까지 계속 같이 걷자고 제안했다. 나는 이번 순례길을 혼자 걸으면서 겪게 되는 불편을 감당해보고 싶다고, 미안하다 대답하며 아쉬움을 표했다. 파울로와 셋이서 기념사진을 찍고 마셸을 먼저 배웅하며 보낸 다음, 오스피탈 데 오르비고에 들어갔다.

오스피탈 데 오르비고는 예능 프로그램 〈같이 걸을까〉에 나온 마을이어서 순례자들에게 유명하다. 나중에 알고 보니 미구엘 드 세르반테스의 ≪돈키호테≫ 모티브가 된 기사의 전설이 있는 곳이기도 했다. 나는 레온까지 500km를 고생하며 걸었던지라, 남은 300km는 시설 좋은 사립 알베르게에서 안락하게 쉬기로 결정했다.

찾아보니 공립 알베르게보다 5유로 정도 더 내면 신식 시설에 커튼으로 칸막이까지 있는 안락한 사립 알베르게에서 쉴 수 있었다. 친절한 주인은 내게 귤을 공짜로 주었다. 주변에 수박을 살 만한 마트가 있는지 물었더니, 자기가 그냥 주겠다며 한 접시 썰어주기도 했다.

이 알베르게에서 나와 비슷하게 베드버그로 고생하고 있던 한국 순례자를 알게 되어 물파스형 약을 빌려주었다. 사양하려 하길래, 한번 발라보고 결정하라고 했더니 사용해보고는 이후로도 계속 빌려 갔다. 베드버그 약이 인연이 되어 전망 좋은 마을 레스토랑에 가서 저녁 식사를 함께했다.

Day 20 (19.06.29.) 행복은 가까이에 있어

오스피탈 데 오르비고Hospital de Orbigo

아스토르가Astorga

16.1km

걸어야 하는 거리가 짧은 만큼, 오랜만에 늦잠을 자고 천천히 길을 나섰다. 오늘도 덥고 건조한 날씨가 이어졌다. 그러다 피레네산맥에서처럼 틈틈이 마주치는 순례자용 기부 쉼터에 도착했다. 5년 전 첫 번째 순례에서는 예산을 너무 빡빡하게 짜 와서, 이런 기부형 쉼터에서는 항상 다른 일행의 눈치를 보며 뒤로 빠져 있었다. 그걸 보던 한국인 어머님 순례자께서 돈을 대신 내주셔서 나는 얼굴이 시뻘게졌다. 그때는 이 순례길이 다시 오기 힘든 기회라는 걸 체감하지 못했다.

스페인 음식을 먹거나 비슷한 경험을 다시 하기 위해서는 퇴사를 하는 등 큰 기회비용을 지불해야 한다. 이번에는 후회를 남기지 않기 위해 유적지 관람이나 먹을 것에 관한 한 돈을 아끼지 않고 썼다. 나는 5년 전 기억이 나서 괜히 5유로나 기부하고 오렌지를 2개 까서 먹었다. 혹시 뒤에 경비가 부족한 순례자가 오면, 그 사람 몫까지 내가 기부한 거니 그냥 먹게 해달라 봉사자에게 부탁하고 걸음을 옮겼다.

이제 적응이 된 건지 16km 정도는 금방 지나갔다. 아스토르가Astorga에 거의 도착할 즈음 어떤 미국 순례자와 같이 걸으며 친해졌다. 린다라는 이름의 미국인 아주머니였다. 걷는 내내 "라벤더가 너무 아름답고 향이 좋아, 저기 저거 도마뱀이네! 귀엽다. 나는 강아지를 키우는데 너무 귀엽다?", "며칠 전에 웬 모델 같이 입고 온 피트니스 강사가 순례길 중간마다 사진만 찍고

는 차로 이동하면서 걷는 척 인스타그램에 사진을 올리더라.",
"어제 어떤 순례자가 너무 아름다운 숙소를 추천해주더라." 폭
풍 수다가 이어졌다.

그 순간, 린다가 지도를 펴서 자신이 추천받은 숙소의 위치를
보여주려고 하다가 갑자기 넘어져 무릎과 손바닥에 피를 철철
흘렸다. 나는 깜짝 놀라 일으켜주고 흩어진 짐들을 챙겨주었다.
근처에 있던 순례자들이 몰려와 붕대와 밴드, 테이핑 도구를 챙
겨주었다. 더 도와주고 싶은 마음과 달리 다들 하루 일정이 정
해져 있는지라, 더 이상 시간을 쓰기에 부담스러워하는 눈치였
다. 나는 그들에게 고마움을 표하고 내가 린다를 돌보겠다 말
한 뒤 붕대 테이핑을 도와주었다. 그렇게 아스토르가까지 남은
4km를 린다와 함께 걸었다.

오늘 나의 목표는 16km에 불과했으니 부담이 적었다. 다만
린다는 넘어져서 창피했는지 남은 4km를 걷는 동안, "이건 진
짜 아픈 거에 비하면 아무것도 아니야"를 반복했다. 린다의 수
다는 끊이지 않았다. 나는 영어 듣기시험을 보는 기분이 들었지
만, 열심히 맞장구를 치며 걸었고 아스토르가에 도착해서 린다
와 포옹을 하고 헤어졌다. 막상 도착하고 나니, 눈물을 글썽이며
너무 고맙단다. 아마 이런 상처는 아무것도 아니라는 말과 달리,
린다도 많이 놀라고 당황했겠다 싶어 도와주기 잘했다는 생각

이 들었다.

어제는 네덜란드 할아버지와 이탈리아 고등학생 오늘은 미국 아주머니와 대화를 했다. 마치 생텍쥐페리의 ≪어린왕자≫에 나오는 소행성들을 방문해 개성 있는 거주민과 이야기하는 기분이 들어서, 앞으로 또 어떤 순례자를 마주칠지 기대되었다.

나는 아스토르가에서 미리 앱으로 예약했던 사설 알베르게에 짐을 풀었다. 베드버그 약을 빌려주어 친해졌던 한국 순례자와 아스토르가에서 유명한 가우디 건축물인 주교궁을 구경하러 나섰다. 순례자에서 잠시 관광객으로 변할 시간이다.

이미 예전에 바르셀로나의 사그라다 파밀리아를 포함해 꽤 많은 가우디의 건축물을 구경했었다. 그래서 크게 기대하지 않았는데, 오히려 이곳에서 큰 감동을 받았다. 스페인 안달루시아 Andalucia 의 코르도바 메스키타와 건축 양식 측면에서 비슷한 특징들을 발견했다. 아마 가우디가 메스키타를 보고 영향을 받았을 것 같다는 생각이 들었다. 주교궁 옆에는 멋진 성당도 있어서 함께 구경했다.

미국에서 푸드트럭 장사를 했다던 한국 순례자에게 연락이 왔다. 마침 같은 날 아스토르가 공립 알베르게에 묵고 있단다. 파인애플 주스와 멜론 반 통, 체리를 사서 마을이 내려다보이는 알베르게 테라스에 앉아 함께 나누어 먹었다. 이 순례자는 그날의 목적지에 도착할 때마다 항상 파인애플 주스를 사서 알베르게 냉동실에 한두 시간 넣어둔 다음 마신다고 했다. 폭염에 머리까지 저릿저릿해지는 파인애플 주스 한 잔이 자신이 알고 있는 최고의 행복이라고 덧붙였다. 그의 말대로 입에서 단내가 날 정도로 허겁지겁 맛있게 먹고 나니 행복감이 절로 밀려왔다.

오늘 순례길에서 배운 것은 행복이란 참 단순하다는 것이다. 오렌지 두 개에 5유로나 기부한 것, 린다에게 도움을 준 것, 가우디의 아름다운 건축물을 관람한 것, 시원한 파인애플 주스 한 잔과 체리, 반 덩이에 1.61유로밖에 하지 않는 멜론을 산 것, 그 과일들을 친구와 함께 먹는 것 모두 크고 작은 오늘의 행복이었다.

　스페인 전역은 여전히 축제 기간이 이어졌다. 지나온 길을 되
짚어 보면 마을마다 특색 있는 행사가 벌어졌다. 부르고스는 대
형 바비큐 파티, 레온은 댄스 축제, 이곳 아스토르가에서는 카
레이스가 펼쳐진 덕에 시가지를 관통하는 레이서들을 구경할
수 있었다.

Day 21 (19.06.30.) 영원한 것은 없다

아스토르가^{Astorga}

폰세바돈^{Foncebadon}

25.9km

아스토르가에서 폰세바돈까지의 거리는 멀지 않다. 다만, 해발 873m에서 시작해 1,431m까지 계속 산을 오르는 코스다. 폭염이 여전히 이어지고 있었으므로, 뙤약볕에서 산길을 걷는 건 최대한 피하고 싶었다. 나는 새벽 4시 반에 다시 길을 나섰다. 정오 이후부터 견딜 수 없이 더워져서 그전에 폰세바돈^{Foncebadon}에 도착하는 것으로 목표를 잡았다.

아스토르가를 벗어나 도로 옆 작고 어두운 숲길로 핸드폰 손전등에 의지해 걸어 나갔다. 순례자들이 아직 길을 나서기 전이어서 인적이 없었다. 가로등도 없는 깜깜한 길이 계속 이어졌지만, 잔잔한 풀벌레 소리와 샛별이 아름다워 잠시나마 무서움을 잊은 채 걸을 수 있었다.

　　날이 밝아올 때쯤 도착한 마을 카페에 앉아 아침으로 크루아
상과 커피를 마셨다. 카페에서 어제 넘어졌던 미국 순례자 린다
를 다시 만났다. 서로 반가워서 인사를 나누고 보니 린다가 추
천받았다는 알베르게가 이곳이었단다. 말이 나온 김에 나는 슬
쩍 카페 겸 알베르게 내부를 둘러보았다. 스페인 안달루시아 지
방에서 자주 보이는 파티오^{Patio} 실내정원이 잘 갖추어져 있었
다. 싱그러운 정원 분위기 속에서 잠시 힐링할 수 있는 공간이
었고, 과연 하루 묵을 만한 가치가 있어 보였다.

다시 천천히 완만한 언덕을 올라 해발 1,152m에 위치한 중세 성당기사단의 주둔지였던 라바날 델 까미노^Rabanal del Camino를 지나쳤다. 급격하게 가팔라진 언덕을 힘들게 오르니, 해발 1,431m에 위치한 폰세바돈에 도착했다. 일찍 출발해서 그런지 도착시간이 오전 11시 반밖에 되지 않았다. 덕분에 사립 알베르게의 제일 좋은 방 1층 침대를 선점할 수 있었다.

폰세바돈에 숙소를 정한 이유는, 다음 날 순례길에서 마주칠 철의 십자가^Cruz de Ferro를 일출과 함께 보기 위해서이다. 폰세바돈은 몇 가구 없는 산골 마을인 탓에 구경거리는 딱히 없었다. 나는 따뜻한 물에 샤워한 다음, 이제 너무도 익숙해진 손빨래를 하고 편히 쉬었다. 피로회복을 위해 점심 식사로 와인을 곁들여 먹고 낮잠을 2시간 가까이 잤다.

오후 느지막이 일어나 따뜻한 산바람을 즐기며 동네를 둘러보았다. 외국 순례자 두 명이 나를 보더니 "We made it!" 그렇게 외치며, 폰세바돈에 오른 걸 함께 기뻐하고 싶어 했다. 갑자기 말을 걸어와 당황해서 제대로 리액션을 못했던 나는 슈퍼에 들러 파인애플 주스를 샀다. 숙소로 돌아가는 길에 그 순례자들을 다시 마주쳤고, 주스를 가리키며 "I made it!"이라고 리액션을 해줬다. "우리가 해냈어"라는 뜻으로 쓰인 'made'를 언어유희로 "내가 이 주스 만들었다"라고 답한 셈이다.

둘 중 청소년으로 보이는 어린 순례자가 빵 터졌다. 순례길에서는 작은 이벤트 하나만으로도 기분이 크게 좌우되는지라, 이렇게 함께 웃을 일이 생기면 온종일 기분이 좋아진다.

아스토르가에서 동갑내기 순례자에게 배운 것처럼 파인애플 주스를 냉동실에 넣어두었다. 그리고 첫 번째 순례에서 나에게 의미 있는 장소였던 '파로키알 도무스 데이Parroquial Domus Dei' 알베르게에 들렀다. 5년 전, 이 알베르게의 봉사자였던 미겔은 아쉽지만 다른 봉사자로 바뀌어 있었다. 미겔은 오른손 손가락이 엄지와 검지밖에 없는 사람이었다. 내가 알베르게 문을 벌컥 열고 들어갔을 때, 환하게 웃는 얼굴로 악수를 청하며 맞이해주던 그 모습을 아직도 잊을 수가 없다.

당시의 나는 자존감이 낮고 다소 위축되어있는 상태였다. 미겔은 오른손 손가락이 두 개밖에 없는데도 모든 곳이 멀쩡한 나보다 밝고 당당하며 정이 많았다. 미겔이 당연하다는 듯 먼저 오른손으로 악수를 청하던 순간이 가장 강렬한 기억으로 남아 있다. 악수를 어느 손으로 청해야 하나 주저하고 고민했던 내가 부끄러워서, 바로 손을 잡고 마주 웃으며 악수했다.

그때 나는 미겔을 보며 인생은 마음먹기에 달렸다는 것을 깨달았다. 나는 모든 사지가 멀쩡한데도 어느 부분이 부족하다고 생각하거나 조금 더 완벽해져야 한다는 강박관념이 있었다. 반면, 미겔은 자신의 상태를 밝게 받아들이며 모든 사람의 마음을 따뜻하게 만들었다.

나를 포함해 많은 순례자가 미겔과 함께 식사하고 술을 마시며 마음 깊이 감동했다. 미겔의 농담이 무척 유쾌했는데도 다음 날 떠나기 전 눈물이 났다. 나도 이후에 어떤 삶을 살든지 미겔처럼 당당하게 나를 받아들이고 사람들에게 따뜻한 빛이 되리라고 마음먹었다.

5년이 지난 지금, 미겔은 이제 폰세바돈에 없다.

산티아고 순례를 두 번째 와서 느낀 것은, 영원할 것 같았던 추억과 생각, 감정들이 변한다는 것이다. 내 기억 속 아름다웠던 사람들은 조금 피곤한 표정을 가진 채 나이가 들어가고 있었다. 아들이 행복하게만 자랐으면 하고 바라던, 카페를 운영하던 순례자 부부는 다른 사람에게 카페 자리를 내어주고 떠났다. 내 인생의 방향을 정하는 데 큰 도움이 되었던 미겔은 소식조차 알 수 없다.

순례자들 역시 마찬가지다. 5년 전에는 산티아고 순례의 동기가 거의 종교적 목적이거나 인생의 중대한 전환점이 될 이유를 찾기 위한 사람들이 대부분이었다. 지금은 스포츠나 단순 체험 목적으로 오는 사람들이 절반은 되는 듯하다. 매일 걷는 사람들이 바뀌는 길이고, 목적도 달라지고 있다. 영원한 건 아무것도 없다는 진실을 순례길이 담담하게 이야기해주고 있었다.

그럼에도 불구하고 여전히 사람들은 각자의 이유로 이곳을 찾는다. 비록 순례길에서 느낀 것들이 영원하진 않지만, 이 순간 만큼은 감정에 솔직해지며 매일 하루를 걷고 있다. 아무도 내일을 알 수 없고 순수했던 눈빛과 표정들이 미래에 조금 변한다고 해도, 확신을 더하고 묵묵히 걸어가는 게 인생이지 않을까. 그런 맥락에서 내가 아는 미겔도 다른 곳에서 여전히 밝게 사람들에게 감동을 주고 있을 것이라는 확신이 들어서 아쉬웠던 감정이 스르르 흩어졌다.

Day 22 (19.07.01.) 철의 십자가, 오프로드와 온로드

폰세바돈Foncebadon

폰페라다Ponferrada

27.3km

5년 전, 철의 십자가는 첫 번째 순례에서 가장 의미가 있던 곳이다. 당시 나는 삶에 대한 고민이 많았다. 경쟁적인 삶과 안정적인 직장 등, "다 그렇게 사는 거야"라는 논리를 들으며 방황중이었다. 내가 다녔던 대학 학부 특성상, 고시를 준비하는 경향이 흔했다. 때문에 삶의 의미를 찾아 방황하는 사람을 경쟁에서 뒤처진다고 평가하는 경우가 많았다. 나는 환경과 자아 사이에서 성장통을 겪고 있었다. 주변의 만류에도 불구하고 졸업을 한 학기 앞둔 상태에서 휴학을 내고 떠난 산티아고 순례는, 내 인생 첫 일탈이었다.

철의 십자가에 도착할 즈음 많은 사람들과 추억을 만들며 걷고 있었지만, 내가 무엇을 위해 살아야 하는지에 대한 답은 아직 찾지 못했다. 그런데 천천히 떠오르는 태양을 등지고 찬 공기에 입김을 뿜어가며 이곳에 도착했을 때, 나는 인생에서 처음 느끼는 감정과 마주했다. 처음에는 인공물과 자연이 만들어 내는 아름다운 조화에 감탄하다가, 다음으로 십자가 아래 놓여있는 물건들이 눈에 들어왔고 나도 모르게 갑자기 눈물이 났다. 사랑하는 사람에게 쓴 편지, 죽은 사람의 사진과 추모하는 글, 앞으로의 삶에 대한 각오가 적혀 있었다. 순례를 떠난 이유를 이곳에서 찾았음을 암시하듯 놓여있는 순례자의 상징인 조가비들은 분명 누군가의 배낭에 시작부터 꼭 매어져 있었을 거였다.

당시에 걸어가는 속도가 비슷해서 자주 마주치며 친해졌던 한국 어머님도 계셨다. 그분은 남편과 사별 후, 산티아고 순례를 오고 싶어 하셨던 남편의 유골함을 배낭에 짊어지고 걸었다. 영어를 한마디도 못 했지만 두려움을 마주하며 용기 있게 걸었다. 폰세바돈에서 일찍 출발해 아무도 없을 시간에 철의 십자가에 남편의 재를 뿌리기 위해 해가 뜨지 않은 깜깜한 새벽에 홀로 길을 떠났다.

그분이 어떤 마음으로 걸었을까 싶어서, 갑자기 수많은 감정이 뒤섞이며 눈물이 계속 났다. 눈물은 안타까운 마음뿐 아니라, 자신이 믿고자 하는 방향으로 치열하게 고민하며 답을 찾아가는 사람들의 흔적을 발견했기 때문이기도 했다. 십자가 아래 놓인 순례자의 흔적을 발견한 순간은 내가 그동안 주변에서 들어왔던 삶과는 전혀 다른, 순례자들의 삶에 대한 진심과 감정이 내 안 깊숙이 들어오는 경험이었다.

나는 더 이상 혼자가 아니었다. 삶의 의미를 고민하는 사람은 서로 연결되어있다고 느꼈다. 내가 휴학을 하면서까지 찾아왔던 순례길이 올바른 길에서 벗어난 오프로드Off-road가 아니라, 삶의 의미를 찾아 떠난 사람들이 모인 온로드On-road라는 확신이 들었다.

그때로부터 5년이 지난 지금, 나는 새로운 시각에서 철의 십자가를 마주하기 위해 일출 전 다시 길을 나섰다. 폰세바돈에서 2km 정도 떨어진 길을 깜깜한 어둠 속에서 걷다 보니 익숙한 십자가가 눈앞에 나타났다.

다시 찾은 철의 십자가는 그때보다 놓여있는 물건도 적었고 예전의 흔적도 사라져 있었다. 나는 담담히 그때의 기억을 떠올리며 일출을 감상했다. 이곳을 처음 온 순례자들은 5년 전의 나와 비슷한 감정을 느꼈는지, 울거나 무릎을 꿇고 경건하게 기도를 했다.

그때 한 순례자가 눈물을 글썽이며 자신도 모르게 눈물이 난
다고 했다. 나도 첫 번째 순례에서 비슷한 것을 느끼고 울었다
며 조금은 이해한다고 함께 포옹했다.

나는 그에게 사진을 한 장 찍어달라고 부탁했다. 이곳은 내가
나오게 꼭 사진을 찍어 보관하고 싶었다. 한참을 있다가 뒤돌아
서 길을 나서는데, 왜인지 계속 담담했다. 첫 번째 순례처럼 큰
감정의 변화는 없었다. 5년 전의 미겔처럼, 빛을 잃지 않고 주변
을 비추는 사람이 되겠다고 삶의 태도를 정했기 때문이다. 나는
그 마음을 다시 가다듬으며 크게 심호흡하고 길을 나섰다.

폰세바돈까지는 가파른 언덕길이었지만, 오늘의 목적지인 폰페라다^{Ponferrada}까지 내리막길이 이어져서 큰 어려움 없이 빠르게 걸어갔다.

산을 내려가니 아름다운 강으로 유명한 몰리나세카^{Molinaseca}에 도착했다. 물가 옆 테이블에 앉아서 오징어 튀김과 맥주를 먹고 마시며 잠시 피로를 달랬다. 요즘 길에서 마주칠 때마다 "Amigo!"를 외쳐대는 두 순례자도 옆 테이블에서 함께 휴식을 즐겼다. 삼촌과 조카로 구성된, 니카라과에서 온 순례자들이었다. 바로 전날 나와 서로 "We made it!"으로 농담을 건넸던 순례자들이다. 남은 길은 이들과 앞서거니 뒤서거니 걷다가 마주칠 때면 "Amigo!"를 외쳤다. 그러다 보니 목적지인 폰페라다에 금세 도착했다.

이곳은 순례자들을 보호할 목적으로 12세기에 지어진 성당기사단^{Caballeros Templarious}의 성이 유명한 마을이다. 성 내부를 구경하려 했으나 월요일은 휴무일이라 외관 구경만으로 만족해야 했다. 알베르게에서 멜론과 파인애플 주스를 사서 먹었는데 너무 급하게 먹었는지 어제부터 안 좋았던 위가 난리를 쳤다. 역류성 식도염이 도진 거다.

두 번째 산티아고 순례를 하면서 나에 대한 환상이 많이 깨져 나간다. 피레네에서도 그렇고, 언제까지나 튼튼할 것 같았던 몸이 나한테 말을 건다. "20대까지는 네 멋대로 해도 참아줬는데 이젠 못 참아"라고 말이다. 무릎이 아픈지, 이걸 더 먹어도 괜찮을지, 늦게 자도 괜찮을지, 더운데 더 걸어도 괜찮을지, 그렇게 나의 몸을 보살피는 방법을 서툴지만 하나씩 배워갔다.

Day 23 (19.07.02.) 미국인 싸움꾼과 스페인 하숙

폰페라다Ponferrada

비야프랑카 델 비에르소Villafranca del Bierzo

24.1km

철의 십자가를 지나온 뒤로 조금 지친 기분이 든다. 하루 정도 아무 생각 없이 내게 휴식을 주고 싶어 멍하니 길을 걸어갔다. 그러다 캘리포니아에서 온 미국 순례자와 친해졌다. 처음에는 서로의 문화권에 있는 음식 이야기부터 시작했다. 그 외 미국의 과다한 진료비 이슈, 트럼프 대통령에 대한 생각, 한국 분단에 대한 견해 등 많은 이야기를 나누었다.

나는 분명 생각을 쉬고 싶어 혼자 걷고 있었는데, 나와 다른 시각을 가진 새로운 사람과 이야기하다 보니 신기하게도 머리가 오히려 맑아진다. 이 순례자는 한때 길거리 싸움꾼이었다고 했다. 지금은 더 이상 사람들과 싸우지 않지만 여행을 하다가 가끔 시비가 붙으면 마다하지 않는단다. 그는 배낭 옆 주머니에서 쇠로 된 너클을 꺼내 보여주었다. 나는 농담이겠지 싶어 못

믿겠다고 했더니 피식 웃으며 마음대로 생각하란다.

이 순례자는 싸움 때문에 이혼했다고 한다. 이제는 캘리포니아에 정착해서 토목 관련 노동을 하며 살고 있으니 나중에 미국에 오게 되면 놀러 오라고 했다. 순례길을 왜 걷고 있는지 내가 물어보자, 예전에는 약에도 손을 대고 화가 많았는데 새로운 삶을 살고 싶어 왔다고 했다. 자신을 바꾸기가 쉽지 않았을 텐데, 순례를 온 것 자체가 대단한 용기라고 격려해주었다.

인사를 하고 천천히 걷다 보니 예능 프로그램 〈스페인 하숙〉에 나왔던 비야프랑카 델 비에르소^{Villafranca del Bierzo}에 도착했다.

〈스페인 하숙〉을 재밌게 보았던지라, 방송에 나왔던 알베르게로 곧장 향했다. 한국 순례자로 너무 북적일 것 같아 잠시 실내 구경만 한 다음, 조용한 사립 알베르게에 짐을 풀었다. 나중에 들어보니 스페인 중고등학생들이 단체로 수학여행을 왔다고 했다. 등록했다가 소음이 너무 커서 다른 사립 알베르게로 옮긴 한국 순례자들이 알려주었다.

오랜만에 관광지에 온 기분을 느끼며 차승원과 유해진, 배정남이 맛있다고 극찬했던 햄버거를 먹고 천천히 소화를 시키기

위해 벼룩시장을 구경했다.

다시 숙소로 돌아와 쉬다가 마을 외곽에 있는 야외 수영장으로 갔다. 마을 옆으로 흐르는 강어귀에서 마을 주민들이 수영을 즐기고 있었다. 흐린 날이 많아서 그런지 물이 생각보다 차가웠다. 대부분 물에 오래 있지 못하고 금방 밖으로 나와 일광욕을 즐겼다.

휴식하는 날에는 무조건 맛있는 순례자 메뉴를 먹어야 한다. 햄버거를 팔던 레스토랑에서 저녁에는 순례자 메뉴를 팔았고 생선요리가 메인으로 나왔다. '부엔 까미노'라는 이름의 와인과 곁들여 먹었다. 새롭게 알게 된 한국 순례자들과 펍에서 순례길을 온 이유에 대해 진지한 대화를 나누다가, 다음 날 가파른 산길을 오르기 위해 일찍 잠을 청했다.

Day 24 (19.07.02.) 오 세브레이로, 니카라과 신부님

비야프랑카 델 비에르소Villafranca del Bierzo

오 세브레이로O Cebreiro

24.1km

산티아고 데 콤포스텔라에 도착하기 전, 마지막 고비라고도 할 수 있는 오 세브레이로O Cebreiro로 가는 길은 해발 527m에서 1,286m까지 가파른 산길을 올라야 한다. 새벽에 일어나 어두운 산길을 오르다 보니 산 아래로 비야프랑카 델 비에르소가 천천히 멀어져 갔다.

시냇물을 끼고 있는 작은 마을을 지나, 순례길에서 신라면을 팔아 한국인에게 유명한 또 다른 마을인 트라바델로Trabadelo를 넘어갔다. 어제 펍에서 만났던 한국 순례자 둘을 만나 함께 걸었다. 특히 50대 정도 되신 순례자와 마음속 이야기를 나누며 걸었다. 한국에서 사업을 크게 하시다가 우여곡절을 많이 겪으신 분이었다. 이분은 평생 일에만 집중하다가 처음으로 삶을 돌아보는 시간을 보내고 있었다. 그동안 너무 바쁘게만 살아온 것 같다며 순례길을 계기로 삶의 여유를 알게 되었다고 한다. 몇 년 후에는 북쪽길(까미노 데 노르테$^{Camino\ del\ norte}$)도 걸어볼 예 정이라고 했다.

다른 순례자는 오스피탈 데 오르비고에서 베드버그약을 빌려 주었던 그 순례자다. 그는 미국 현대자동차에서 근무하다가 회 의감을 느껴 퇴사 후 산티아고 순례를 왔다고 했다. 대학원으로 삶의 방향을 결정하고, 스스로를 돌아보기 위해 길을 걷고 있었 다. 나 역시 대학원 진학 전, 산티아고로 첫 번째 순례를 온 경험 으로 공감대가 형성되자 급속도로 친해졌다. 우리는 서로에 대 한 조언을 나누며 살아온 환경이나 나이를 넘어 가까워졌다. 두 순례자 모두 본인의 삶을 담담히 이야기하는 모습이 참 보기 좋 았다.

그들과 대화를 하다 보니 어느새 갈리시아^{Galicia} 지방으로 들 어섰다. 피레네산맥 다음으로 힘든 길로 손꼽히는 오 세브레이 로 코스임에도, 비교적 수월하게 오를 수 있었다. 오 세브레이로 에 거의 도착할 때쯤 6km 전 마을인 라 파바$^{La\ Faba}$에서부터 소 문이 돌았다. 스페인 학생들이 단체로 산티아고 순례 체험을 와 서, 오 세브레이로 공립 알베르게에 자리가 없다는 것이었다.

많은 순례자가 아쉬운 마음을 달래며 라 파바에 짐을 풀었다.

우리 셋은 고민 끝에, 일단 오 세브레이로까지 직접 가보기로
하고 마저 길을 올랐다.

무거운 배낭을 메고 숨을 거칠게 몰아쉬며 길가에 있는 말들을 피해 걸어가니 해발 1,286m의 마을, 오 세브레이로가 나왔다. 오 세브레이로는 파울로 코엘료의 소설 ≪순례자≫와 수필집 ≪흐르는 강물처럼≫에 삶의 의미를 발견하는 곳으로 비중 있게 등장하는 마을이다. 그래서 순례자들에게 항상 인기가 많다. 공립 알베르게에 불안한 마음으로 등록하러 가보니 의외로 자리가 여유 있게 남아있었다. 순례길에는 뜬소문이 많이 돈다. 스페인 중고등학생들이 단체로 수학여행을 온 것은 사실이니, 아마도 누군가의 추측이 기정사실처럼 퍼져나갔을 것이다. 나는 샤워와 빨래를 하고 쉬다가 저녁 미사를 드리러 성당에 갔다.

깜짝 놀랄만한 일이 있었다. 폰세바돈에서부터 며칠째 길에서 마주치며 "Amigo!" 하고 인사하던 두 순례자 중 한 명이 니카라과에서 온 신부님이었던 거다. "We made it!" 하고 서로 장난쳤던 그 아저씨였다. 경건히 기도하다가 고개를 들었는데, 장난기 많던 표정은 온데간데 보이지 않았다. 스페인어로 엄숙하게 기도문을 읊는 모습은 다른 의미로 낯설었다.

일일 보좌신부님 역할을 맡은 니카라과 신부님의 순례자 특별미사가 끝이 났다. 내가 너무 놀랍다고, 'Amigo(친구)'가 아니라 'Padre(신부님)'라고 놀렸더니 제발 원래대로 불러 달라 했다. 'Amigo Padre'로 부를 거라고 계속 놀리자, 미사에 참석했던 마을 사람들이 스페인어 하는 동양인 순례자가 신부님을 놀린다고 같이 깔깔거렸다.

산 정상이라 그런지 이날은 밤이 다 되어서야 노을이 졌다. 작은 마을 위로 노랗고 붉은빛이 번지더니 순례자들이 하나같이 알베르게 밖으로 우르르 나와 함께 노을을 구경했다. 출신도 성별도 다르지만, 어딘가에서 한 번씩은 마주쳐서 친해진 순례자들이 서로를 보고 웃었다.

노을을 보는 이 순간만큼은 우리 모두 같은 언어를 쓰고 있었다.

Day 25 (19.07.04.) 폭풍우와 사모스 수도원

오 세브레이로O Cebreiro

사모스Samos

30.9km

이른 새벽에 일어나던 기상 시간을 일부러 뒤로 미뤄서 6시쯤 일어났다. 어제 노을이 너무 아름다웠던지라, 일출은 어떤지 궁금해서 출발이 늦어지더라도 꼭 보고 싶었다. 나는 알베르게와 순례길 사이로, 경치가 더 잘 보이는 공터에서 일출을 기다렸다. 산 정상이어서 능선을 따라 강한 바람이 불어왔다. 산에 가려 해가 잘 보이지 않았지만 점점 붉은 빛이 번져가는 일출이 장관이었다. 함께 구경하던 순례자는 먼저 출발하고 나는 마을에 있는 조금 더 높은 언덕을 향해 올라갔다.

언덕에는 마을에서 보이지 않던 십자가가 있었다. 순례길에서 약간 벗어난 지역이라 사람은 나밖에 없었다. 잠시 털썩 앉아 멍하니 일출을 바라보니, 구름에 가려진 해가 산 위로 나타났다. 어제의 노을 못지않은 장관이라 이 감정을 기억하고 싶어서 십자가에 타이머를 맞춘 핸드폰을 기대 놓고 사진을 찍었다. 순례자의 상징인 조가비와 배낭, 일출과 오 세브레이로의 모습이 한 프레임에 아름답게 담겼다.

나는 언덕을 천천히 내려가 순례길에 합류했다. 어제 함께 오 세브레이로에 올랐던 우리 셋은 각자의 방법대로 걷기 위해 헤어졌다. 특히 현대자동차에서 근무했던 순례자는 이날 오 세브레이로에서 사리아Sarria까지 자전거를 타고 이동했다. 오 세브레이로에서 자전거를 빌려 사리아에서 반납하는 자전거대여소가 오 세브레이로에 있었고 꽤 많은 사람들이 이용했다.

나중에 이 순례자의 이야기를 들어보니, 사리아에 도착한 뒤 식사를 하고 있는데 스페인 아주머니들이 몰려와 자전거를 타고 왔냐고 묻더란다. 그렇다고 대답했더니, 자전거를 타고 어찌나 신나게 언덕을 내려오던지 멀리서 한참을 웃었더란다. 그가 말하길 타지에서 모르는 사람들에게 주목도 받고 행복한 경험이었다고 한다. 나는 수도원으로 유명한 사모스^{Samos}의 알베르게에 묵고, 수도원에서 미사를 드리기 위해 걸어가는 방법을 택했다.

해발 542m에 위치한 사모스까지 내리막이 이어졌다. 뙤약볕을 뚫고 오후 2시 반쯤 사모스 수도원 옆에 붙어있는 알베르게에 도착할 수 있었다. 늦은 시간이라 걱정했으나 생각보다 이른 순번으로 도착했는지 1층 침대를 배정받았다.

샤워와 빨래를 한 후, 젖은 빨랫감을 밖에 널어놓고 수도원 투어를 하러 나섰다. 사모스 수도원은 봉쇄 수도원으로, 현재도 수도사들이 수행 중인 공간이다. 정해진 시간에만 열리며 가이드 투어로만 구경할 수 있었다.

사모스 수도원은 이탈리아 몬테카를로 수도원과 연관 되어서 몬테카를로 수도원에 관한 벽화 내용이 많다고 한다. 눈으로 보기에도 이 수도원이 얼마나 미적으로 뛰어나며 예술적 가치가 있는 부조들이 많은지 느낄 수 있었다.

투어를 마치고 마을을 한 바퀴 돌아보며 걷고 있는데 갑자기 장대비가 쏟아졌다. 빨래 생각이 나서 황급히 뛰어가 빨랫감을 걷고 건조기가 있는지 알베르게 봉사자에게 물었다. 그런데 호텔을 포함해 모든 건조기가 모두 예약되어서 구하기가 어렵다고 했다. 수도원 부속 건물답게 실내가 어두컴컴했지만 어쩔 수 없이 침대 팔걸이에 빨래를 널었다.

나는 저녁 미사 시간에 맞춰 수도원으로 향했다. 미사는 엄숙하고 진중한 분위기에서 진행되었다. 미사 후에도 화기애애하고 시끌벅적했던 오 세브레이로 미사와 달리 이곳 수도원에서는 미사가 끝나자마자 수사님들이 금방 사라지셨다. 축복이나 대화를 바랐던 순례자들이 당황스러운듯한 표정을 지었으나, 수사님들께서 묵언 수행과 비슷한 수행 중이어서 일반인들과의 만남을 자제하시는 것 같았다.

미사 시간에 순례길에서 친해졌던 헝가리 순례자를 만났다. 먼 탓에 순례자들이 잘 오지 않는 사모스에서 마주친 것을 서로 신기해했다. 비가 조금 그친 김에 동네를 함께 산책하고 마을 펍에서 이 지방의 유명한 사과술을 마시며 이야기를 나누었다.

이 헝가리 순례자는 EU 본부에서 근무했었고 나는 국제 NGO에서 근무했다는 공통점이 있었다. 어떤 일을 담당했고 왜 퇴사

했으며, 어쩌다 순례길을 걷게 되었는지 국가와 문화를 넘어 공감되는 부분이 많았다. 나와 마찬가지로 이 순례자도 퇴사 이후 불안감을 가지고 있었다. 나는 선택에 후회가 없다면 선택으로 인해 따라오는 불확실성을 함께 즐기자고 그에게 말해주었다.

　서로 몰입해서 이야기하다 보니, 주변 마을 사람들의 시선과 상관없이 웃고 떠들며 기분 좋은 분위기가 이어졌다. 우리는 다음 날 컨디션을 위해 아쉽지만 일찍 펍을 나왔다. 잠시 그치는 듯했던 비가 멈추기는커녕 이제 폭풍우가 되어 몰아치고 있었다. 숙소로 돌아와 빨래를 확인해보니 아직도 축축하다. 건조기는 여전히 전부 예약되어 있었다. 내일까지 옷이 마르지 않으면 그냥 적당히 마른 옷을 입고 다시 걸을 수밖에 없다.

Day 26 (19.07.05.) 이상향 포르토마린

사모스Samos

포르토마린Portomarin

37.4km

자기 전부터 장대비가 쏟아지면서 날씨가 심상치 않더니 간밤에 뇌우가 사모스를 덮쳤다. 자는 내내 근처에 벼락이 떨어졌나 싶을 정도로 천둥소리가 요란했다. 수도원 석조건물에 알베르게가 붙어있는 구조라 그런지 비바람만 안 맞을 뿐, 자는 동안 습기가 차 물웅덩이에 빠져 있는 기분이었다.

사모스가 산골짜기에 위치한 탓에 오랜만에 밤 추위에 떨어야 했다. 아침에 눈을 겨우 뜨고 일어나 확인해보니 비를 피해 실내에 널어두었던 빨래가 하나도 마르지 않았다. 심지어 비도 계속 내리고 있었다. 그나마 바지는 기능성 의류라 젖은 그대로 입고 상의는 여벌로 준비해두었던 옷으로 갈아입었다. 무거워도 지니고 다니길 천만다행이었다.

사모스는 순례자들이 방문하기에 편한 동네가 아니다. 오로지 수도원 하나만 바라보고 와야 하는 곳이며 사리아로 넘어가는 새벽 숲길도 위험하다. 새벽 6시면 서서히 밝아질 시간인데, 먹구름이 잔뜩 껴서 8시까지 밝아질 기미가 보이지 않았다. 8시까지는 도로 옆 숲길로, 그 이후로는 위험하지만 차도 옆 갓길을 이용해 사리아까지 걸었다.

사실 어둡지만 않았으면 숲길로 가는 게 더 안전하지만, 내가 선택한 길은 주로 자전거도로로 이용하는 길이라 걷기가 어려웠다. 사모스에서 사리아까지 15km 가까운 거리를 걷는 동안 차가 오는 소리가 들리면 도로 옆으로 피해야 했다. 다행히 날이 밝아오면서 비가 그쳤다. 조금 위험한 길이었던 만큼 사리아에 도착해서야 비로소 안도할 수 있었고, 아침식사를 감사하는 마음으로 즐겼다.

사리아에서 115km를 더 가면 산티아고 데 콤포스텔라에 도착한다. 순례길을 100km 이상만 걸어도 산티아고 데 콤포스텔라 순례자센터에서 순례 증명서를 발급받을 수 있다. 때문에 여기서부터 증서를 받으려는 관광객들이 엄청나게 많아진다. 나는 이들을 피해 앞질러 걸었다.

사리아를 지나 순례자들로 가득 찬 마을 카페에 잠시 앉아 쉬다가, 땀에 젖은 상의를 여벌 옷으로 갈아입으러 잠시 화장실에 다녀왔다. 그사이 옆자리에 앉아있던 순례자 무리가 아직 음식과 짐이 남아있는 내 자리에 등산화 채로 발을 올려놓고 수다를

떨었다. 화를 삭이며 쳐다보다가 "뻬르동(실례합니다)?"하니
그제야 사과한다. 여기 앉고 싶으면 내가 다른 자리로 가겠다고
쏘아붙이니까 자기는 이제 화장실로 가겠다고 자리를 피한다.
다른 일행은 그게 웃기는지 또 자기들끼리 낄낄거렸다.

　이런 상황 속에서, 5년 전 첫 번째 순례에서 포르토마린
Portomarin이라는 아름다운 마을에 묵고 싶었으나 일정상 지나쳤
던 기억을 떠올렸다. 이번 순례에서는 반드시 포르토마린에서
연박을 하며 즐기기 위해 오늘 코스를 조금 길게 잡았다. 얼른
포르토마린으로 가고 싶은 생각밖에 들지 않았다.

쉬지 않고 계속 걸어간 끝에 포르토마린에 도착했다. 오는 길에 친해진 한국 순례자가 순례길을 통틀어 가장 마음에 드는 사진을 찍어주었다. 그와 대화하며 포르토마린까지 걷다 보니 짜증 나던 마음이 가라앉았다.

포르토마린은 비교 대상을 찾자면 우리나라의 청평이나 가평 같은 마을이다. 5년 전에는 개발이 별로 되어 있지 않았는데, 그 사이 많이 발전해서 이제는 유명한 순례 관광지 마을로 변했다. 고즈넉한 느낌은 조금 덜해졌지만, 여전히 매력적인 마을이다. 지난 순례에서 이곳을 충분히 느끼지 못했던 아쉬움 때문에 포르토마린은 5년 동안 내 환상 속에서 지상낙원 같은 곳이었다.

인기 좋은 사립 알베르게를 며칠 전부터 앱으로 예약해두었던지라 강 전망이 보이는 좋은 자리를 배정받았다. 마을을 구경하며 휴식을 취하다가 저녁으로 문어 요리인 뽈뽀^{Pulpo}를 먹었다. 이곳부터 멜리데^{Melide}까지 갈리시아 지방의 명물인 뽈뽀를 파는 레스토랑이 많아진다. 포르토마린에서 하루 더 쉴 생각으로 빠르게 걸어온지라, 오랜만에 이틀 동안 한량처럼 이리저리 거리를 쏘다닐 예정이다. 사진을 찍고 맥주와 맛있는 것을 먹고 마시며 편히 쉬어갈 생각에 기분이 좋아졌다.

생장 피에 드 포르부터 산티아고까지 총 800km 중 이제 100km도 남지 않은 시점이다. 돌아보니 참 많은 생각을 했고, 많은 것을 내려놓았고 스스로를 많이 비워냈다. 내가 나를 이해

한다는 게 결코 유해지기만 하는 것은 아니라는 걸 알게 되었다. 내가 무엇을 할 때 기쁜지, 슬픈지, 화가 나는지를 알게 되니 표현이 많아졌다.

나는 순례길을 걸으며 크고 작은 기적을 체험했고 신의 존재를 느낄 수 있었다. 뿐만 아니라 스스로를 더 잘 이해하고 타인을 존중하게 되는 시간이었다. 다른 순례자들을 통해 나를 제삼자로 바라볼 수 있는 시간이기도 했다. 며칠 후 마무리될 순례를 앞두고 머리가 맑아지며 삶에 대한 확신이 커져 갔다.

Day 27 (19.07.06.) 걷지 않아도 괜찮아

포르토마린Portomarin

0km

부르고스 이후 처음으로 다시 연박을 했다. 당연히 사립 알베르게도 원칙적으로 연박이 금지되는 줄 알고 사과했더니, 자신들은 공립 알베르게와 달리 오래 묵을수록 좋다고 마음껏 쉬다가라고 한다. 나는 푹 자다가 여유롭게 일어나 아침 산책을 나섰다.

마을 광장에서 대학생으로 보이는 순례자 한 명이 안절부절 못하고 있길래 자초지종을 물었다. 자신은 미국에서 온 순례자인데 다리가 아파 사리아에서 이곳까지 차를 타고 왔다고 한다. 순례길의 룰을 어긴 것 같아 부끄러워서 더 이상 못 걷겠다며 눈물을 흘렸다. 저번에 만났던 린다를 비롯해 대체로 미국인들이 남들과의 경쟁이나 룰에 대해 상당히 엄격하다. 컨디션이 나쁜 경우 배낭을 보내는 일은 순례길에서 흔하고, 차나 자전거를 타는 행위도 금지되지 않는다. 각자의 순례길에서 스스로 충실하면 되는 것이다.

나는 울고 있는 순례자와 눈을 마주치며, 중요한 건 남들이 아니라 '나'라고 말해주었다. 당신이 이렇게 울고 있다는 건, 생장 피에 드 포르부터 700km를 충실히 걸었음을 증명해주는 것이고 그게 가치가 없었느냐고 질문했다.

기준점을 다른 사람의 시선이 아닌, 오로지 자신에게 두고 집중하라고 전했다. 어제 무리해서 걸었다면, 다리가 아파서 산티아고 데 콤포스텔라를 얼마 남겨두지 않은 시점에 순례를 포기해야 했을 것이라고 말해주었다. 나 또한, 피레네산맥을 넘고 무릎이 아파서 배낭을 일주일 정도 다음 마을로 보내며 걸었다고 덧붙였다.

처음 보는 순례자의 오지랖에 놀랐는지 그는 멍하니 나를 쳐다보다가 내 이름을 몇 번이나 묻고는 기억하겠다 고마워하며 다시 순례길로 걸어 나갔다. 나는 동네를 돌다가 츄러스 가게에 들러 핫초코와 츄러스를 먹으며 내가 왜 그런 행동을 한 건지 되짚어 보았다. 아마 그 순례자에게서 나의 예전 모습이 보여서 그랬던 것 같다. 사실은 나 자신에게 한 말이나 다름없었다.

낮잠을 충분히 자고 일어나 동네를 구경하니, 주말이라 그런지 실외 공용 수영장에 주민들이 몰려있었다. 나는 파티처럼 왁자지껄한 풍경을 언덕 위에서 내려다보았다. 서울에서 항상 바쁘게 살다 보니 이렇게 사는 삶도 나쁘지 않아 보였다.

기분 좋게 근처 베이커리 카페에 들어가 주문하려는데 인종차별로 추정되는 일을 당했다. 가게에 앉아있던 손님 중 한 명이, 내가 주인에게 주문하려던 순간 스페인어로 빈정거리듯 말하고 비웃으며 고개를 돌려버렸다. 주인도 같이 웃으며 내 주문에 응대도 하지 않는다.

순간 화가 나서 "지금 나 비웃은 거냐?"라고 물어도 들은 척도 하지 않고 눈도 마주치지 않는다. 가게 주인이 일이 커지겠다 싶었는지 나중에야 급하게 주문을 받으려 했지만 나는 인상을 쓰면서 됐다 하고 나와버렸다. 예전 같으면 화가 나도 그냥 멀뚱히 있었을 것이다. 순례길을 걷는 동안 감정표현이 솔직해졌다. 그동안 참는 것만이 미덕이라 여기며 살아왔던 과거가 오히려 나의 내면을 곪게 했다는 생각이 들었다.

이전에도 순례길을 걸으면서 인종차별로 추정되는 일들을 세 번 정도 겪었다. 첫째로, 부르고스에서 이탈리아 순례자가 눈을 찢는 제스처를 했다. 그게 인종차별 제스처이며 나쁜 의미라고 했더니 황급히 자리를 피했다가 나중에 사과했다. 둘째로, 식사 자리에 같이 앉았다는 이유로 스웨덴 순례자의 표정이 일그러지고 와인을 따라주지도 않았다. 셋째로, 헝가리 여성 순례자와 사모스에서 술을 한잔하고 있을 때, 바에 있던 스페인 할아버지들이 기분 나쁜 표정으로 쳐다보며 비아냥거렸다.

유럽 여행을 했던 지난날에도 인종차별을 안 겪어본 건 아니지만, 영어 실력이 늘어나니 들리는 것도 많아졌다. 예전엔 당연하다고 생각하던 일에 불합리하다는 목소리를 내게 된다. 나이가 들면 유해진다는데 왜 나는 서른이 넘어 성격이 달라졌을까? 나에게 일어난 변화가 나쁘지 않았다.

순례길에서 나 자신과 약속처럼 정한 것이 있다. 기분이 좋지 않은 때는 반드시 맛있는 음식을 먹고 빠르게 풀어내는 것이다. 다행히 오늘 친한 한국 순례자들이 포르토마린에 도착했다. 저녁으로 순례자 메뉴를 함께 먹고 맥주를 마시며 노을을 구경하고 나니 기분이 다시 좋아졌다.

Day 28 (19.07.07.) 번아웃

포르토마린^{Portomarin}
팔라스 데 레이^{Palas de Rei}
25km

아침 일찍 일어나 순례길을 걸으며 몇 번이나 포르토마린을 뒤돌아보았다. 이상향은 더 이상 없다. 사리아를 지나면서부터 똑같은 감정 상태였다. 이제 산티아고 순례를 끝마치고 싶었다. 마주치는 풍경도 비슷하고 정신없는 스페인 고등학생들, 순례증을 목적으로만 걷는 시끌벅적한 신입 순례자들을 피해 조용한 곳으로 떠나고 싶었다.

그러던 중 생장 피에 드 포르에서 출발했다는 슬로바키아 수도사 순례자를 만나 함께 걸었다. 수행 중이라 과일이나 말린 음식으로만 끼니를 해결하는 수도사님이었는데, 잠시 카페에서 쉬는 동안 그에게 왜 순례길을 걷고 있는지 물어보았다.

이 수도사 순례자는 평소에도 꼭 순례길을 걸어보고 싶었는데, 새로운 부임지로 가기 전 허락을 구한 뒤 오게 되었다고 했다. 특이한 건, 기도를 위해 성당이나 수도원으로 숙소를 정해서 걷고 있다는 것이다. 이야기 도중 처음 보는 스페인 순례자가 대화에 합류했다. 이 순례자는 대기업 마드리드 본사에서 근무하다 잠시 휴가를 내고 아쉬운 대로 사리아에서부터 걷고 있었다. 오래 걸어온 순례자들이 궁금했던지 나와 슬로바키아 수도 사님께 순례길에 대한 소감과 어떤 것을 깨달았는지 물어왔다.

특별하게 대답해줄 것이 솔직히 없었다. 항상 말하지만 순례 길은 무언가를 얻으러 와서 비우고 가는 길이다. 나는 곰곰이 생각하다가, 화를 낼 권리를 찾았다고 대답했다. 최근에 가장 감명 깊었던 깨달음이었으니까. 불행히도 이 스페인 순례자의 기대에 부응하는 대답은 아니었던지, 고개를 끄덕이며 쏜살같이 앞으로 걸어가 버렸다. 이 순례자에게는 미안하지만, 순례길은 사람들이 일반적으로 기대하는 길은 절대 아니었다. 당사자가 긴 거리를 직접 걸어보기 전에는 설명할 수 없는 무언가가 분명히 존재한다.

　　오늘 목적지인 팔라스 데 레이^{Palas de Rei}에 예약해둔 사립 알베르게는 다행히 마을 중심에서 충분히 떨어져 있었다. 이제는 하루하루 조용히 머무르고 싶었다. 수도사 순례자는 성당을 향해서 가고, 나는 성당을 지나 마을 외곽에 있는 알베르게로 향했다. 이곳에서 현대자동차에서 근무했던 한국 순례자를 다시 마주쳤다. 이 순례자는 그사이 대만에서 온 약사 순례자와 친해져 나에게 소개해주었고, 세 명이서 저녁 식사를 함께했다.

마을 외곽에 있는 알베르게여서 오랜만에 평화롭게 잠을 청할 수 있었다. 며칠간 밤에도 들떠있는 신입 순례자들 때문에 깊이 잠들지 못했다. 내일 숙소도 예약을 해두었기 때문에 서두를 필요가 없다. 느지막이 일어나는 대로, 마음이 가는 대로 쉬엄쉬엄 갈 계획이었다. 사리아 이후로 계속 의욕을 잃은 상태로 걷고 있다. 순례길을 마무리하기까지 이틀 정도밖에 남지 않은 상태에서 차분히 나를 돌아보는 시간이 필요했다. 이제 조금 쉬고 싶었다.

Day 29 (19.07.08.) 뽈뽀와 호모 페레그리누스

팔라스 데 레이^{Palas de Rei}

아르수아^{Arzua}

28.8km

숲길이 계속 이어졌다. 조용한 곳에서 쉬어서 그런지 컨디션
과 의욕이 돌아왔다. 팔라스 데 레이에서 14.8km 떨어져 있는
멜리데^{Melide}는 순례자들에게 문어 요리로 유명한 마을이다. 며
칠째 뽈뽀를 먹었기 때문에 그냥 지나갈까 하다가 곧 점심시간
이기도 해서, 첫 번째 순례에서 특별했던 기억이 있는 뽈뽀 전
문 레스토랑으로 들어갔다.

엄청난 크기의 솥에 커다란 문어가 들어가 있는 모습은 먹음직스럽기보다 조금 징그러울 정도였다. 하지만 곧 먹기 좋은 크기로 나온 문어를 보며 맥주를 시킬 수밖에 없었다. 그때 며칠 전 사모스로 가는 길에 알게 된 타이완 순례자가 인사하며 옆에 앉아도 되는지 물었다. 마침 나도 혼자 먹기 심심하던 차라, 같이 식사를 하기로 했다.

삼십 대 후반 정도로 보이는 이 순례자는 타이완의 한 회사에서 사무직으로 일하다가, 조금 이른 나이에 권고사직 당하고 산티아고 순례를 왔다고 했다. 그는 사모스에서 내 위층 침대를 쓰기도 했는데, 폭풍우가 치던 밤에 소리 죽여 울기에 천둥소리가 무서워서 그런가 싶었더니 사연이 있었던 모양이다. 순례길을 어떻게 알게 되었냐고 물었더니 놀랍게도 〈스페인 하숙〉을 보고 올 결심을 했다고 한다. 나는 안쓰러움을 티 내기 싫어 괜히 문어를 이쑤시개로 쿡쿡 쑤시면서 맥주를 들이켰다. 그게 느껴졌는지, 분위기를 바꾸자면서 타이완 원주민식 건배사를 알려주었다.

"호딸라!"
단어의 어감이 너무 웃겨서 서로 키득거리며 맥주잔을 부딪쳤다. 무슨 뜻이냐고 내가 물으니 원주민이 이렇게 건배하는데 자기도 뜻은 잘 모른다고 했다. 우리는 취기가 약간 오른 채로 레스토랑 밖으로 나왔다. 그때 어제 식사를 같이했던 약사 순례자가 갑자기 나타났다. 두 사람에게 서로 같은 타이완 순례자라고 알려주었더니 놀라워했다. 나 역시 흐뭇하게 웃다가 먼저 순례길을 나섰다.

소가 기운이 없을 때는 낙지를 먹인다더니 나도 뽀뽀의 효과를 얻었는지 고요한 마음으로 돌아왔다. 오늘의 목적지인 아르수아Arzua에 도착해 쉬고 있으니, 타이완 약사 순례자가 우연히 같은 알베르게로 뒤따라 들어와서 저녁 식사를 함께 했다.

우리는 삶에 대한 고민이나 가치관, 순례길에 오게 된 이유와 생각들이 무척 비슷해서 시간 가는 줄 모르고 레스토랑에 앉아 있었다. 가장 좋았던 건, 연애 이야기나 각자 마음에 있는 상처까지 대화를 나누었다는 점이다. 우리 모두 피터팬 콤플렉스가 있는 어른아이라 서툴지만, 세상과 부딪치고 깨졌던 경험을 바탕으로 진심을 다해 서로에게 조언해주었다.

잠시 뒤 내가 가장 좋아하는 스페인 후식인 플랑Flan이 나왔다. 너무 기분이 좋아서 대화 끝에 내가 "타이완 넘버원!" 하고 외쳤더니 약사 순례자가 여기서 만난 수많은 한국인이 전부 그 얘기를 하더라며 웃었다.

알베르게로 돌아왔을 때 방 입구에 순례길에서 흔하게 볼 수
있는 그림이 보였다. 약간의 농담을 곁들인 순례길 진화론에 따
르면 인간은, 원숭이에서 진화해 인간을 거쳐 순례자가 된다. 실
제로 외국에서는 호모 페레그리누스^{Homo Peregrinus}라는 용어가
사전에 있다.

Evolution

　홀로 걸었던 두 번째 순례길은 처음보다 고통스럽고 고생스러웠지만, 오히려 나 자신이 자랑스러웠다. 나를 마주하며 용기 있게 걸었고 포기하지 않았다.

　나는, 순례자란 스스로의 정체성을 찾는 사람이라고 정의했다. 끊임없이 내면과 마주하며 걷는 한 이 길이 끝나더라도 세상 어디에서나 순례자가 될 자신이 생겼다.

Day 30 (19.07.09.) 산티아고, 그곳에 내가 있었다

아르수아Arzua

산티아고 데 콤포스텔라Santiago de Compostela

39.2km

오전 5시 반에 일어나 씻고 단정하게 면도를 했다. 계획대로라면 오늘이 산티아고 데 콤포스텔라에 도착하는 날이다. 도착후 기념사진을 찍을 때 지저분한 건 싫었다.

나는 아르수아를 등지고 서쪽으로 계속 걸어갔다. 쌀쌀했던 새벽 공기가 해가 떠오름과 동시에 금세 무더워졌다. 서둘러 가고 싶어서 10km마다 한 번씩 쉬며 강행군을 했다.

숲속에 카페가 있어서 안으로 들어가 아침으로 빵과 커피를 먹었다. TV 소리가 소란하여 뭔가 보니, 순례 초반에 지나쳤던 도시 팜플로나에서 매년 성대하게 치러지는 산 페르민 축제를 생중계해주고 있었다. 길을 따라 황소가 질주하고, 마을 주민들은 전력으로 도망가며 소를 피하다가 부딪히고 깔려 구급차에 실려 갔다. 서로에게 술을 뿌리고 마시며 스트레스를 날리는 군중이 보였다. 순례길에 있는 도시에서 광란의 축제라니, 같은 공간이지만 추구하는 것이 조금 다를지도 몰랐다. 도착지인 산티아고 데 콤포스텔라를 앞두고 생각이 많아졌다. 한국으로 돌아가면 황소처럼 덤벼드는 현실 속에서 내 마음의 중심을 순례길 걷듯 지켜나가야 했다.

강행군을 시작한 끝에, 산티아고 데 콤포스텔라가 멀리 보이기 시작했다. 한 번 와본 적이 있어서 조금은 익숙한 마을 초입을 지나가니 거의 다 왔다고 주민 한 명이 박수를 쳐 주었다. 이미 순례를 끝낸 순례자도 마을을 구경하다가 나를 발견하고 "부엔 까미노!"를 외쳐주었다.

아르수아에서 총 39.2km를 걸어 오후 2시 반에 산티아고 데 콤포스텔라 대성당에 도착했다. 무리를 해서 긴 거리를 하루 만에 걸어온 이유는 순례길이 끝나가는 과정이 내가 컨트롤할 수 없는 상황으로 다가왔고, 차라리 나의 의지로 원하는 때 끝내고 싶어서다. 처음부터 알고 있었듯, 이 길을 걷고 나서 드라마틱하게 변한 건 아무것도 없었다. 여전히 삶은 불안정했고, 나는 다른 누군가에게 인정받기를 원했다. 다만, 이전보다 나를 좀 더 이해하게 되었을 뿐이다.

회사를 그만두었을 때 나는 마음이 불안했다. 좋은 동료들이 있는, 여러모로 안정적인 직장이었지만 32살의 나이에 2년 경력을 채우고 퇴사했다. 독립을 해야 할 나이지만 경제적으로 무력해지는 생활로 돌아가야 했다. 하지만 두 번째 순례길에서 나는 어떤 상황에서든 새벽부터 충실하게 걸어 나갔다. 필요할 때는 쉬기도 하고 울고 웃는 동안 어느새 불안은 사라졌다. 어떻게든 살아갈 수 있다는 걸 깨달았기 때문이다.

한국에서는 평판과 수많은 조건, 조직과 관계에 얽매여서, 사회적인 지위를 내려놓으면 내 인생이 실패할 것 같았다. 하지만 누군가의 시선에 집중하는 것이 아니라, 내면의 성장에 집중한다면 그것들은 부수적인 것에 불과하다는 걸 순례길에서 알게 되었다.

나는 태어나서부터 지금까지 항상 어딘가에 소속되었다. 가족, 친구, 학원, 학교, 대학원, 동아리, 회사에 소속되었다. 그 안에서 인정받고 성장하고 더 나은 지위와 권력과 자산을 소유하기 위해 노력해왔다. 심지어 꿈을 이야기하면서도 누군가에게 받는 인정과 맹목적인 성장이 우선이었다. 하지만 산티아고에 도착하기 10km 전부터 내가 느낀 감정은 스스로에게 인정받고 있다는 쾌감이었다.

모든 관계와 안정적인 일행으로부터 자유의지로 벗어나 순례길을 홀로 걸었다. 이따금 혼자라서 스트레스와 외로움, 고독감이 수시로 찾아왔지만 끝까지 견디며 걸었다. 인사해도 받아주지 않는 사람들을 만날 때면 거절을 이겨내는 훈련을 했다. 이과정에서 내 속에 있는 것을 더 잘 표현하는 방법들을 배웠다. 인종차별을 당하면 맞받아치고 내 감정을 전달했으며 정말 외로울 때는 누군가에게 밥을 같이 먹자고 이야기했다. 그렇게 자연스레 표현하기 시작했다.

그동안 부정적인 것이라고 여기며 삭혀야 한다고 생각했던 분노와 슬픔 같은 감정들을 충분히 분출해야 마음이 건강해질 수 있다는 사실을 알게 되었다. 그래야 새로운 단계로 넘어갈 수 있었다. 오로지 나만을 위한 시간을 가지면서 누구의 말도 맹목적으로 들을 필요 없이, 모든 것을 스스로 판단하는 과정이었다.

산티아고 대성당이 가까워지며 나는 생소한 감정으로 마음이 벅차올랐다. 희열이 느껴지며 온몸에 활력이 돌고 눈물이 맺혔다. 이 순간만큼은, 나와 이 감정이 마치 굵은 선으로 연결되어 있는 기분이었다. 성당 앞에 도착해서 그늘에 앉아 멍하니 형언할 수 없는 감정을 1시간 가까이 흘려보냈다. 이 감정이 무엇인지 한참 고민한 끝에, 태어나서 처음으로 타인의 인정이 아니라 스스로에게 인정받았다는 사실을 깨달았다.

이렇게 살자고, 이 길을 걷듯이 살아가자고.

그리고 울먹이면서 나에게 고맙다고 말했다.
"해솔아, 살아줘서 고마워."
우연히도, 무릎 부상으로 나헤라에서 샀던 스틱이 산티아고 도착과 동시에 망가져 버렸다.

산티아고 순례를 다시 떠난다고 하니, 그곳에 가면 무엇이 있길래 두 번이나 가느냐고 누군가 내게 물었다.
이제는 그 질문에 대답할 수 있다.
첫 번째 순례길에는 사람과 삶의 이유가 있었고, 두 번째 순례길에는 그곳에 내가 있었다.

Day 31 (19.07.10.) 피니스테레, 옴니버스식 커튼콜

순례의 마지막, 피니스테레Finisterre

산티아고 데 콤포스텔라에서 오랜만에 알람 없이 잠을 푹 잤다. 순례길에서 매일 밤마다 진동으로 알람을 맞춰두고 베개 밑에 두고 잤는데 이제 그 긴장감이 없다. 아침 산책으로 알베르게 주변을 돌아보다가 츄러스를 사 먹고 천천히 버스터미널로 가서 1시 버스를 타고 피니스테레로 향했다.

피니스테레는 '세상의 끝'이라는 뜻이다. 스페인 최서단에 있기 때문인데, 아메리카 대륙이 발견되기 전에는 이곳이나 포르투갈에 있는 호까곶이 세상의 끝이라고 생각했을 듯하다. 내가 이곳으로 가는 이유는 내일부터 새롭게 태어난다는 세리머니를 하기 위해서다.

피니스테레에 도착한 후, 해변 한쪽 끝에서 반대쪽 끝까지 멍하니 걸었다. 아무 생각 없이 투명한 바다를 휘청휘청 걸으며 그렇게 2시간 정도 보내다가 숙소로 가서 오후 8시까지 쉬었다. 서머타임이 적용되는 시기라 일몰 예정 시간이 밤이었다. 순례 초기에 수비리에서 만났던 순례자가 조언해주었듯, 나도 이번 기회에 노을이 지는 절벽으로 걸어가며 펑펑 울어보고 싶었다.

한편으론 절벽까지 가는 길이 두려웠다. 3km 남짓한 거리가 멀어서 겁이 나는 게 아니라, 감정을 마주하기가 겁이 났다. 나는 마음을 다잡고 용기를 내기 위해 맛있는 저녁을 사 먹었다.

밤 9시쯤 피니스테레 등대를 향해 천천히 걸었다. 늦은 시간

임에도 아직 해가 지지 않았다. 절벽으로 난 길을 따라 한 손에
는 아버지의 옷을 들고 걸었다. 피레네산맥을 넘을 때 추위로부
터 나를 보호해줬던 바람막이다. 걸어가는 동안 아버지에게 말
을 건넸다. 처음에는 어색하다가 갑자기 눈물이 나오기 시작했
다. 그게 또 서러워서, 서운했던 것들을 다 털어내면서 엉엉 울
었다.

나는 아버지를 이해한다고 말했다.

무거운 짐을 홀로 짊어지고 외로우셨겠다고, 걷고 싶으셨던
산티아고 순례길을 내가 대신 짊어지고 걸었으니 만족하시냐
고, 오고 싶으셨을 텐데 가장이 뭐라고 못 내려놓으셨냐고 말했
다. 그러자 내 마음에서 무언가 쑥 뽑혀나가는 느낌이 들면서
눈물과 함께 오열했다. 아버지께서 2015년에 쓰러지신 이후부
터, 돌아가신 뒤에도 힘든 티 내지 않느라 울지 못했던 것을 이
제는 내려놓았다. 힘들었던 기억을 떠올리며 모두 흘려보내듯
걸었다. 너무 아팠던 기억들이 이제는 의미가 없어졌다.

나는 피니스테레 등대에 도착한 뒤 노을을 한참 바라보다 아
버지의 옷을 태우고 싶었다. 옆에 있던 순례자에게 라이터를 빌
렸으나, 바람이 너무 강해서 불이 붙지 않았다. 아쉬운 대로 노
을이 아름답게 보이는 곳 근처 의류 수거함에 옷을 넣었다.

나는 노을이 완전히 지면 내 인생 1막이 끝나는 것으로 생각

하기로 했다. 문득 예전에 실연으로 힘들었던 때 친한 누나와
나눴던 이야기가 떠올랐다.

"누나, 그렇게 좋아했던 사람을 어떻게 잊어요?"
"잊을 필요 없어. 인생을 옴니버스식이라고 생각해. 그냥 그
이야기는 덮어버리는 거야. 다음 이야기가 시작되는 거지."

아버지도, 지금까지의 다른 아픔도 내 인생 1막과 함께 덮어
버렸다. 아름답고 그리운, 서럽고 아쉬운 기억을 다 털어버리고
덮어버렸다.

해가 바닷속으로 쏙 들어간 순간 순례자 중 누군가가 박수를
쳤고, 그를 따라 내가 박수를 쳤고, 다음엔 그곳에 있던 모두가
박수를 쳤다.

세상의 끝에서, 내 인생 1막이 끝남과 동시에 뜨거운 커튼콜
을 받았다.

산티아고 순례길을 다녀온

네 사람의, 네 가지 이야기

가족의 소중한 가치를 순례길에서 찾은 이은영 순례자

이은영 순례자는 내가 2021년에 제주도로 한 달 살이를 하러 내려갔을 때 우연히 알게 된 순례자다. 제주도에서 지내던 중, 산티아고 순례 콘셉트의 카페 '산티아고 가는 길'이 있다는 것을 알고 방문하여 따뜻한 격려를 받고 돌아간 기억이 있다.

이은영 순례자는 가족과 함께 순례길을 걸었던 경험을 특히 행복하게 기억하고 있었다. 당시 항암 치료 중임에도 삶이 다하기 전 산티아고 순례에서 느낀 가치를 사회에 환원하기 위해 '산티아고 가는 길' 카페를 한국 곳곳에 확장하거나 관련 사업을 열정적으로 구상하고 있었다. 나이나 상황과 관계없이 끝까지 무언가를 배우려는 열정에 나는 감동했다. 인터뷰를 통해, 이은영 순례자의 가치가 조금이라도 공유되었으면 한다.

해솔 "가족과 산티아고 순례를 왜 시작하셨나요?"

은영 "저는 항상 아이를 강하게 키우려고 노력했고, 그 일환으로 대화를 참 많이 했어요. 그렇지 않으면 가족이 있어도 각자 집에 들어와서 방문 닫고 들어가 버리면 끝이니까, 가족이라도 각자의 세계에서 살고있는 거예요.

그런데, 순례길에서는 같이 생각하고 오늘 무엇을 먹을지조차 함께 고민하게 되죠. 그것이 너무 행복했고 가족의 의미를 느끼게 되었던 시간이었어요. 저는 그런 가치를 찾기 위해 순례길을 함께 걸었어요."

해솔 "순례길을 걸으면서 가족끼리 특별히 좋았던 경험이나 깨달음이 있으셨나요?"

은영 "재밌는 일화를 설명해 드리면, 순례길 가면 라면 정말 먹고 싶잖아요?"

해솔 "맞아요. 어디서 라면을 파는지 다 알고 있잖아요. (웃음)"

은영 "(웃음) 정말 꿀팁이지. 순례길 어딘가에서 라면을 판다는 걸 알면 그날은 온종일 그 얘기만 하는 거죠. 신라면을 맛있게 잘 끓이는 알베르게가 있어요. 하루는 그 알베르게 얘기를 아이에게 하니까, 아이가 '난 두 개 먹을 거야. 세 개 먹을 거야. 아빠는 몇 개 먹을 거야?' 그렇게 라면 얘기를 반복하는 거죠.

늦게 가면 영업시간에 맞춰갈 수 없으니까 그 알베르게를 지나는 날은 엄청 빠르게 걸었어요. 쉬지도 않고 걸어서 오전 11시 10분쯤 딱 들어갔는데, 11시에 영업시간이 끝났다는 거예요. 그래서 제가 이거 먹으려고 우리는 쉬지도 않고 정말 열심히 걸었다고 아무리 사정해도 절대 안 된다는 거예요. 결국 딸이 울었죠. 딸이 아쉬워하니까 마음이 진짜 분하더라고요. (웃음)

그다음 해에 가족끼리 순례를 하러 다시 갔는데, 이번에는 아침 일찍 9시부터 그 알베르게에 가서 먹었어요. 너무 맛있게 한국식으로 깍두기도 썰어서 나오고요. 제가 작년 얘기를 하면서 너무 야박했다고 하니까, 그 알베르게 주인이 다음에 또 그런 일이 있으면 그때는 한번 생각해보겠다고 하더라고요. (웃음) 그게 가족끼리만 겪을 수 있는 재밌는 순례길 경험이죠.

그리고 첫 번째 순례에서는 중요한 지점만 찍어서 가족끼리 갔거든요. 레온에서 사리아까지 가는 기차를 순례 도중에 타야 했는데, 기차 예매를 안 하고 새벽 6시쯤 갔어요. 그런데 직원이 딱 한 명밖에 없고 매표소는 문이 닫혀 있는 거예요. 물어보니 9시는 되어야 직원들이 나온다더라고요. 그때는 첫 번째 순례라 제가 시스템을 잘 몰랐어요. 알고 보니 표가 없어도 일단 기차를 타면 그 안에서 현장결제가 되는 시스템이더라고요. 그러다가 혼자 있던 직원이 일단 기다려 보라고 하더니 산타같이 생긴 할아버지랑 같이 오는 거예요. 그 할아버지가 퉁명스럽게 기다리라고 말하길래 계속 기다렸어요. (웃음)

그때 딸이 목마르다고 해서, 자판기에 가서 음료를 사면서 저 할아버지도 하나 사다 드리라고 그랬죠. (웃음) 그게 우리 한국 정서죠. 딸이 음료를 가져다드렸더니, 할아버지 눈빛이 달라지더라고요. 나중에 기차가 도착했는데, 따라오라고 하더니 기차 제일 앞칸까지 가서 우리를 특등석으로 데려다줬어요. 거기가 비행기 비즈니스석보다 더 비싼 좌석이래요. 거길 주더라고요.”

해솔 “음료를 드리고 엄청난 걸 받으셨는데요?”

은영 “처음엔, 이게 뭐지? 바가지를 쓰는 건가? 이런 별의별 생각이 들었죠. 3시간을 그렇게 가는데 어떤 단추를 누르면 좌석이 침대로 변하고 직원이 물도 가져다주고, 엄청 화려해요. 그러고 있는데 딸이 음료를 줬던 산타 같은 할아버지가 복장을 바꿔 입고 나온 걸 보니, 그 기차의 장인 거예요.

영어 하는 직원에게 부탁해서 통역해주는 말을 들어보니, '먼 나라에서 온 것도 알고 있고 순례길을 걷기 위해서 온 것도 알고 있다. 가족이 순례길을 함께 온 게 너무 보기가 좋아서 자기가 선물을 주고 싶다' 그러는 거예요. 우선 기차를 타긴 했으니 요금을 내긴 내야 하는데, 일반석 요금의 50% 할인된 금액만 받고 아이는 그냥 무료로 태워주겠대요."

해솔 "(웃음) 와, 진짜 대박이네요. 한 6만 원 내셨어요?"

은영 "그것 보다 안 들어갔어요. 기장님이 '내가 당신들에게 해줄 수 있는 선물이다. 부엔 까미노!'라고 인사를 해주는 거예요. 너무 기분이 좋고 행복했죠. 그것도 가족끼리 겪었던 특별한 경험이었죠. 그래서 스페인을 사랑하게 됐어요. 정도의 차이가 있지만 그다음에 기차를 탈 때도 친절한 스페인 사람들 덕에 비슷한 경험을 했고요. 순례자들을 좀 더 배려해주려는 마음을 느낄 수 있었죠."

해솔 "그러면 가족끼리 순례를 가서 배운 것 중 가장 가치 있었던 게 뭔가요?"

은영 "사랑이었어요. 가족 간의 사랑이라는 게 사실 말로 해도 잘 모르잖아요? 근데 순례길에서는 가족의 사랑이 뭔지, 가족이 정말 소중하다는 것을 진심으로 알게 됐죠.

처음에 얘기했듯, 아이를 강하게 키우고 싶다는 부모의 마음으로 순례를 같이 하게 된 건데 힘이 나는 이야기도 해줄 수 있었어요. '이 길도 언젠가는 끝난다. 괜찮아, 포기하지 마. 아무리 어려워도 가족끼리 함께하면 다 이겨낼 수 있다' 그렇게요. 그리고 혼자 순례를 가면 모든 걸 혼자 해야 하잖아요. 음식도 매번 혼자 해 먹어야 하고."

해솔 "일어나는 것도 엄청 고역이에요."

은영 "그러니까요. 그런데 가족과 가면 역할이 다 달라요. 딸은 도착하자마자 가방 정리를 담당하고, 누구는 빨래를 담당하고 서로 역할 분담이 되는 거예요. 식사를 같이 준비하는 등 그런 과정이 너무 재밌고 행복하고 감사했어요."

해솔 "혹시 싸우지는 않으셨어요?"

은영 "싸우기보다 서로 한계에 다다르니 짜증이 나는 거죠. 누구나 마찬가지예요. 가족이고 뭐고 말하기 싫은 거죠, 말할 힘도 없고. 그런데 짜증이 났다가도 옆에서 딸이 말을 계속 붙이면서 왔다 갔다 하는 게 오히려 힘이 돼요. 그러다 보면, '아! 나는 아빠지' 하는 생각이 들어요. 이게 무슨 말인지 아시나요?"

해솔 "아직은 머리로만요. 저도 나중에 아빠가 되면 마음으로 느낄 것 같아요."

은영 "(웃음) 맞아요. 옆에서 짜증 나게 해도, 내가 아빠라는 것을 받아들이게 되더라고요. 남자와 아빠는 다른 것이더라고요."

해솔 "와, 진짜 너무 중요하고 좋은 말씀이에요. 그러면 가족끼리 순례길을 걸은 후에, 삶에서 일어난 변화가 있으셨어요?"

은영 "눈에 당장 보이거나 마술처럼 변하는 건 없어요. 다만 지금 딸이 사춘기인데 그럼에도 우리는 대화가 돼요. 산티아고 순례에서 해왔던 행동들이 있으니까. 사춘기를 지나고 있더라도 같이 공유하는 거죠."

해솔 "이게 마술 같은 변화인데요? (웃음)"

은영 "(웃음) 가족끼리 무언가 하나를 공유할 수 있다는 건 정말 큰 의미예요. 이제는 아이도 깨달았어요. 같이 또 산티아고에 가고 싶다고 하고요. 그리고 제 아내는 정말 못 걸어요. (웃음) 역대 순례자 중 잘 못 걷는 사람을 꼽으면 순위 안에 뽑힐 거예요. 그래도 우리는 걸을 때 서로에게서 20m 이상은 떨어지지 않는 것으로 약속했어요. 물론 아내의 속도에 맞추는 게 쉽지는 않았어요. 오히려 혼자 걷는 것보다 더 힘들기도 했고요. 그래도 우리는 가족이니까 그렇게 함께 걸었죠."

해솔 "앞으로의 저에게도 너무 도움 되는 말씀이네요."

은영 "저는 아이가 초등학교 3, 4학년쯤 되면 꼭 같이 산티아고 순례를 가시라고 다른 분들께 권해드리고 있어요. 저에게 마지막 여행이라고 생각되는 다음 순례길도 가족과 함께 가고 싶어요. 이번에는 딸에게 더 많은 이야기를 해주고 싶어요. 세상을 살아가는 자세를 비롯해 사랑하는 사람을 만나려면 어떻게 해야 좋을지 그런 많은 것들을요."

해솔 "따님이 많이 우시겠어요."

은영 "덜 슬프게 해주려고 지금부터 계속 준비시키고 있어요."

해솔 "저의 경험이지만, 그래도 너무 슬프더라고요."

은영 "언젠가는 이별이 분명히 오니까. '항상 이별을 생각하고 오늘을 마지막이라고 여기며 지내자. 그래야 서로 최선을 다해서 사랑할 수 있으니까' 저는 그렇게 얘기해요."

해솔 "앞으로 순례길을 생각하는 사람들에게 해주고 싶은 조언 있으실까요?"

은영 "무언가를 얻으려고 하지 마라. 그렇게 말씀드리고 싶네요. 내가 살아온 삶이 지금까지 뜻대로 흘러오지 않았잖아요? 순례길도 마찬가지예요. 무언가를 얻으러 순례길을 가는 사람은 다녀와서 자신이 특별하게 바뀌리라 기대감을 갖게 되죠.

그런데 무언가를 목표하지 말고 가셨으면 좋겠어요. 그저 걷다 보면 자연스럽게 나한테 주어지는 것들이 있을 거예요. 좋은 사람들을 만나게 되거나, 자기 자신과 대화를 많이 하게 된다거나. 그게 산티아고가 주는 선물이에요. 그러니 너무 계획하지 말고, 가고 싶어진다면 지금 당장 가라는 말을 드리고 싶네요."

해솔 "생각이 많으면 가기 쉽지 않죠."

은영 "바로 행동으로 옮기시면 좋겠어요. 주저하면 절대 못 가는 곳이니까요."

해솔 "사장님 말씀을 듣다 보니 제 첫 번째 순례가 생각나네요. 저는 처음에 큰 욕심으로, 많은 걸 얻겠다는 생각으로 갔어요. '나는 왜 살지?' 그 질문에 답을 얻으러 갔었으니까요. 그렇게 걸으면서 내가 왜 사는지만 고민하다 보니, 한 300km 남았을 때 혼자 퍼져버렸어요."

은영 "포기하고 싶었죠?"

해솔 "네. 가져왔던 물건들이 순례길에선 소용없어서 버리기도 했는데, 너무 좋은 거예요. 그래서 끝까지 걸을 수 있었어요. 친구들이 산티아고 순례길이 어떤 길이냐고 제게 물어보면, 저는 얻으러 가서 버리고 오는 길이라고 대답하거든요. 신기하게 끝에 가서 마음이 채워져요. 사장님께서 하신 말씀이랑 닿아있다는 생각도 들어요."

은영 "아무 생각 없이 갔으면 좋겠어요. 길에게 나를 물어본다고 하잖아요? 자아를, 나라는 사람을 길에서 찾으면 참 좋겠어요."

해솔 "맞습니다. 여러 명을 인터뷰해도 깨닫는 게 비슷하게 닿아 있어서 너무 신기해요. 인터뷰 너무 감사드립니다."

이은영 순례자는 이 인터뷰가 끝난 후 세 달 뒤인 2021년 12월, 내가 원고를 다 쓰게 됐음을 알려드리고자 유선으로 연락드렸을 때 항암으로 다시 병원에 입원 중이라고 하셨다. "이제 얼마 못 갈 것 같아요. 짧은 인연이었지만 감사했습니다." 이렇게 지친 목소리로 인사를 건네셨다.

　제주도에 있는 동안 두 번 정도 짧게 뵌 순례자였지만 통화를 끊고 하루 종일 상실감에 눈물이 났다. 이은영 순례자에게서 내가 첫 번째 순례에서 만난, 폰세바돈에서 밝은 미소로 악수를 청하던 미겔이 보였다. 나는 이은영 순례자를 통해 아버지의 마음을 투영했다. 이은영 순례자가 힘이 닿는 한 사회에 환원하려 했던 의지와 향기를 기억해야겠다는 마음이 들었다. 내가 할 수 있는 유일한 일은 그 향기를 기억하는 것이다.

산티아고 순례 카페를 운영하며 자아정체성을 찾은 정다현 순례자

정다현 순례자는 서울 서촌에서 '카페 알베르게'라는 이름의 산티아고 순례 콘셉트 카페를 남편과 함께 운영하고 있다. 내가 2014년 첫 번째 순례를 다녀온 후, 부부 순례자가 운영하는 산티아고 순례 콘셉트의 카페가 있다는 것을 알고 방문하여 정다현 순례자를 알게 되었다.

정다현 순례자의 이야기가 궁금해진 것은, 내가 두 번째 순례를 다녀온 후 다시 '카페 알베르게'를 방문했을 때 정다현 순례자가 뒤늦게 자아정체성을 찾아가는 흥미로운 이야기를 들려주었기 때문이다. 기억해두었다가, 부부 순례자나 카페 운영자로서가 아니라 본인의 이야기로 인터뷰를 부탁드렸다.

최근에 느꼈던 자신의 깨달음을 조곤조곤 설명하는 정다현 순례자의 눈에 빛이 어렸다. 순례를 떠나게 된 이유와 그곳에서 겪은 특별한 경험이나 깨달음, 순례 이후 삶의 변화에 중점을 두고 인터뷰를 진행했다.

해솔 "누나가 남편분과 산티아고 순례를 함께 가셨다는 건 알고 있었지만, 누나만의 이야기를 잘 몰랐거든요. 최근 이야기를 하다 보니 흥미로운 부분이 많아서 인터뷰를 부탁했어요. 누나는 산티아고 순례를 왜 시작하셨어요?"

　다현 "나는 스스로 무언가에 끌려서 갔다기보다 95% 정도는 남편 때문에 갔어. 남편이 순례길을 걷고 와서 이 길에 대해 말을 많이 해줬거든. 당시에 아무 사이도 아니던 남편이 산티아고 순례를 다녀오자마자 영어 스터디를 신청했고, 그때 서로 알게 됐어. 나랑 아직 사귀기 전이었는데도 이 길이 너무 좋았고, 자신은 나중에 누군가와 결혼하게 되면 꼭 함께 갈 거라고 얘기했지.

　이 사람과 연애, 결혼을 하게 되면서 '내가 언젠가는 그가 말했던 순례길을 함께 가게 될 수도 있겠구나' 하는 생각이 들었지만 꽤 먼 미래일 줄 알았어. 우린 직장생활도 하고 있었고 신혼이었으니까. 그때 남편이 대기업 개발팀으로 근무하고 있었는데, 워라밸이 보장되어 있던 시대가 아니었어. 야근과 주말 근무는 기본이고 회사가 수원이라, 집에서는 쪽잠만 자고 가거나 회사에서 자는 경우가 많았지. 나도 회사 일로 바빴고, 서로 얼굴 볼 시간조차 없는 거야. 행복한 삶을 꿈꿨는데 이게 맞나 싶었지. 그렇게 반년쯤 지났을 때였나, 어느 날 둘 다 시간이 생겨서 오랜만에 데이트도 하고 치킨도 먹고 술도 한잔하는데 남편이 여행 이야기를 꺼내는 거야. 회사를 그만두고 여행을 같이 가보는 건 어떻겠냐고. 나는 너무 놀랐지. 언젠가 이 사람과 세계여행이나 순례길을 갈 거라고 생각했지만, 이렇게 금방일 줄 몰랐으니까. 남편이 잘 들어보라고 하더니 순례길을 걸으면 함께 얻을 수 있는 것들에 대해 설명하기 시작했어.

그때 남편 눈이 반짝반짝 빛났어. 맨날 얼굴이 흙빛이던 사람이 갑자기 밝게 빛나면서 이야기하더라고. 나는 지켜보고 있다가, 이 사람의 꿈을 이뤄주고 싶어져서 같이 가자고 했지.

1년 정도 자금을 모아 4개월 정도 세계여행을 했고, 5개월 차부턴 산티아고 순례를 했어. 일정상 피레네산맥은 건너뛰고 팜플로나부터 부르고스까지 걸었고, 메세타를 건너뛰고 다시 레온부터 산티아고까지 걸었지. 총 500km 정도 걸은 것 같아."

해솔 "걸으면서 특별했던 경험이나 깨달음이 있을까요?"

다현 "나는 처음부터 끝까지 둘이서만 걷고 싶었어. 귀한 시간 내서 온 거고 언제 또 이런 경험을 할 수 있을지 장담을 못 하니까. 그런데 도중에 일행이 생겼어. 그중 한 명이 부모님의 권유로 혼자 온 순례자였는데, 진짜 지겹게 안 떨어지는 거야.

도중에 그 동생이 알던 순례자들까지 합류해서 나중에는 일행이 더 많아져 버렸지. 우리는 그 동생에게 혼자서도 걸어봐야 한다고 떼어도 놓고 했는데 아침에 준비를 빨리 끝내고 우리를 기다리고 있는 거야, 자기만 놓고 갈까 봐. 심지어 하루는 제발 남편과 둘이서 걷고 싶다고 먼저 그 친구를 보냈는데, 저기 앞에서 끝내 기다리고 있더라고.

그렇게 나흘째 됐을 때였나, 내 새끼발가락이 물집 때문에 엄지발가락만큼 커진 거야. 절뚝절뚝 걷다가 도저히 못 걸을 것 같아서 병원에 갔어. 그때 마침 같이 걷던 스페인 순례자 커플

이 통역을 해주겠다고 나서 주더라고. 그런데 병원 가는 버스에서 동네 사람들이 우리 복장이 순례자라 관심을 가지더니, 서로 병원까지 동행을 해주겠다는 거야. 무려 일곱 명이."

해솔 "그 동네 사람들 혹시 순례자였어요?"

다현 "아니. 그냥 다 버스에서 만난 동네 주민들이었어. 그래서 우리는 이게 무슨 일인가 싶었지."

해솔 "심심했나? (웃음)"

다현 "(웃음) 그러게. 병원 응급실에서 스페인 커플 순례자가 반나절 가까이 끝까지 기다려주고 통역도 해준 덕에 진료를 잘 봤지. 고마워서 그날 맛있는 저녁을 사줬어. 그다음부터 그 스페인 커플 순례자와 마주치면 서로 너무 반가운 거야. 그리고 어떻게 보면 버스에서 만난 주민분들은 내 입장에서 좀 부담스러울 수 있잖아? (웃음) 그런데 그렇게 도움을 받고 나니, 나도 한국 지하철에서 외국인이 우왕좌왕하고 있으면 도와주게 되더라. 그때 생각이 나서."

해솔 "특별한 경험 맞네요. 그 동생 순례자는 그날 헤어졌나요?"

다현 "아니, 끝까지 안 떨어졌어. 그날도 기다리고 있더라."

해솔 "그럼 순례길을 걷고 나서 삶에서 생긴 변화 같은 게 있으세요?"

다현 "음, 솔직히 말하면 순례길을 걷고 나서 '와! 이 길 미쳤다' 이런 느낌은 못 받았어. 내가 온전히 그 길을 느낄 수 있는 시간이 없었거든. 부부끼리 걸었던 시간도 너무 짧았고, 생각지 못한 일행들과 오래 동행했으니까.

순례길을 걷고 한국으로 돌아와서 남편이 그토록 원했던 카페를 함께 오픈하고 운영했어. 순례길을 알리면서 동시에 힐링하는 공간이었지. 그런데 나중에서야 깨달은 건데 순례길에서 치유 받는 사람이 많아지길 바라는 마음이, 내면에서 우러나온 게 아니라 남편을 보조하기 위한 역할에서 나온 거였더라고. 나보다 앞서 순례길 경험이 있던 남편은 카페를 운영하면서 사람들에게 그 길에 대해 설명해줄 수 있었어. 반면 나는 세뇌하듯 그걸 학습했던 것 같아."

해솔 "입력과 출력처럼."

다현 "그렇지. 내가 순례길을 다녀왔으니 사람들을 순례길로 보내고 그들이 치유 받았으면 좋겠다는 게 목적인데, 정작 나는 그걸 못 느끼고 온 거잖아. 지금 생각해보면 사람들의 이야기를 듣는 과정이 좋았어.

그렇게 몇 년간 운영하던 카페를 잠실에서 서촌으로 옮기게 됐어. 남편은 따로 일하게 되고, 내가 대표를 맡아 운영하게 되면서 우리의 공간은 각자 분리됐지. 그 이후로 나한테 한계가 보이기 시작했어. 나는 카페를 운영하면서 그동안 순례길이 가치 있다고 외쳤지만, 정작 나는 그 길에서 그런 경험을 많이 못했으니까."

해솔 "말하자면, 누나만의 길이 없었군요."

다현 "응, 나만의 길이 없었지. '이걸 내가 왜 하고 있지?'라는 생각도 들고 말이야. 서촌으로 카페를 옮기고 처음에는 자리를 못 잡아서 재정적으로도 힘들었어. 남편 대신 내가 카페를 맡고 나니 매출이 바닥을 찍는 거야. 처음부터 다시 시작하는 느낌이니까 그 책임이 나한테 오는 거지. 만약 내가 순례길을 통해 내면에서 우러나오는 게 있었다면 위기를 잘 버텼을 것 같아. 알고 보니 나는 이 길에 확신이 없었지. 그 당시 2019년에는 너무 힘들었고 자존감도 바닥을 기었어."

해솔 "역설적으로 저는 이 이야기가, 누나가 자아를 찾는 과정인 것 같아서 좋아요."

다현 "(웃음) 그래서 나는 카페를 안 하려고 했는데, 가만히 생각 해보니 결국 내가 산티아고 순례길을 자의든 타의든 목표 지향점으로 두고 살아온 거잖아? 내 삶의 가치관이 산티아고 순례길을 걷듯 사는 것으로 변해 있더라고.

예를 들어 만약에 나한테 힘든 일이 생기면, '그래 순례길 걷듯이 천천히 가자. 남들보다 뒤처져도 괜찮다' 이걸 나도 모르게 되뇌고 있는 거야. 그렇게 버텼지. 한때는 순례길이 남편의 꿈으로 내게 입력과 출력이 되었다고 생각했지만, 지나고 보니 일부는 내 것이었던 거야. 내가 순례길을 걷듯 살고 있었던 거지.

나중에 나만의 순례길을 다시 걷고 싶어. 두 번째 순례길을 가면 이제 충분히 잘할 수 있을 것 같아. 나를 다시 되돌아보는 길을 가고 싶다는 게 이제 내 희망이 됐어. 순례길을 걷고 순례자 콘셉트 카페를 운영하면서 생긴 삶의 변화가 또 있는데, 편견을 안 가지게 된다는 거야. 예전에는 대단한 사람이 오면 위축이 된다든지, 좀 더 대우해야 하나 그런 생각이 들었거든. 이제는 '어차피 다 배낭에 조가비 걸고 다니는 순례자들인데 뭐 똑같지' 그렇게 생각하게 돼. 그게 삶의 중요한 변화인 것 같아."

해솔 "누나처럼 첫 순례에 아쉬움이 남은 순례자에게 해주고 싶은 말이 있을까요? 가보고 싶은데 마음의 준비가 안 된 순례자라거나."

다현 "길이 나를 초대하는 순간이 있는데, 그때 꼭 가셨으면 좋겠어. 내가 택해서 가는 게 아니고, 길이 '너, 이제 와!'라고 하는 순간이 누구에게나 오는 것 같아. 준비가 덜 되었더라도 열망이 불타오르면 그때는 가야지. 다녀왔는데 아쉬웠던 순례자에게 하고 싶은 말은, 조금 상업적이긴 한 것 같은데 카페 알베르게로 오셔서 저를 만나 주세요. (웃음)"

해솔 "(웃음) 알겠습니다. 인터뷰 감사드립니다."

산티아고로 신혼여행을 떠난 오정석 전미연 순례자 부부

　오정석과 전미연 순례자는 나의 순례 마지막 이야기인 피니스테레에서 알게 된 순례자들이다. 절벽에서 노을을 바라보다가 아버지의 옷을 태우려고 라이터를 빌렸던 것을 계기로 친해지게 되었다.

　나는 오래전 보았던 유튜브 영상에서 많은 순례자가 순례를 마친 후 피니스테레에서 옷이나 신발, 소지품을 태우면서 다시 태어난다는 세리머니를 하는 것을 감명 깊게 보았다. 나 역시 그런 과정을 통해 아버지와의 관계에서 있었던 상처나, 삶에서의 아픔을 청산하고 싶었다. 새롭게 태어나기 위한 의식이었기에 나에게 이 라이터의 의미는 작지 않다.

　바람이 너무 강해 실제로 옷을 태우지는 못했지만, 이 라이터의 인연으로 오정석, 전미연 순례자와 절벽 길을 함께 걸으며 많은 이야기를 나누었다. 그때 연락처를 교환하고 돌아와 살펴보니 〈여름날〉이라는 독립영화의 감독과 프로듀서 부부여서 놀랐던 기억이 있다.

　우리는 영화 〈여름날〉 시사회에서 잠시 만난 뒤 인터뷰를 위해 1년 만에 재회했지만, 마치 어제 본 사람들처럼 서로 반갑게 인사를 나누었다. 부부 순례자 관점에서, 순례를 시작한 이유와 특별한 경험과 깨달음, 순례 이후 삶의 변화에 관한 인터뷰를 진행하였다.

해솔 "두 분은 어떻게 순례를 시작하셨나요?"

정석 "당시 저희는 결혼을 앞둔 상태였는데, 결혼식까지 시간이 남아서 신혼여행을 겸한 여행을 3개월 정도 다녀왔으면 좋겠다고 생각했어요. 저희 아버지께서 자전거로 순례길을 먼저 다녀오셔서 추천을 해주시기도 했고요. 혹시 다투게 되더라도 순례길을 걸어보자는 생각이 들어서 시작하게 됐죠."

미연 "저는 산티아고 순례에 대한 정보를 하나도 모른 채 시작했어요. 막연히 설레는 마음으로 피레네산맥을 처음 넘는데 너무 힘들었어요. 제가 상상했던 것과 다르기도 했고요. 거의 기어서 넘어갔어요. 3개월짜리 여행이라 옷이나 짐이 많아서 더 힘들었죠. 저희는 피레네산맥을 넘어 도착한 마을에서 이틀을 잤어요."

해솔 "정말요?"

정석 "(웃음) 너무 힘들어 가지고."

미연 "론세스바예스에 순례자들이 물건을 많이 버려놓은 거예요. 피레네에서 다들 너무 힘들었나 봐요. 가져간 짐이 많아 힘들었는데도 거기서 필요한 걸 다 주워 왔어요."

해솔 "두 분은 덜 힘드셨나 봐요. (웃음)"

미연 "(웃음) 우비도 줍고, 책도 줍고 가방을 꽉 채워서 다녔죠. 바보 같은 짓이었어요, 지금 생각해보면."

해솔 "두 분께서 걷게 된 계기는 부모님의 권유와 결혼을 앞두고 같이 역경을 헤쳐나가고 싶어서였는데, 순례길에 대한 정보는 거의 없이 가신 거네요."

정석 "그렇죠. 순례길에 대해 많이 몰랐어요. 솔직히 말씀드리면 처음에는 정말 안 걷고 싶었어요. 힘든 것과 별개로, TV에서도 많이 언급된 길이어서 유행을 따라가는 것 같았거든요."

미연 "그리고 순례 때 많이 싸우기도 했어요."

정석 "서로 걷는 폭도 다르니까."

미연 "나중에는 남편이 먼저 앞으로 가버리는 거예요. 솔직히 저는 따로 걸어도 상관이 없었는데 저를 기다리느라 짜증이 났나 봐요."

정석 "저로서는 페이스가 어긋나니까요. 계속 기다리다가 더 지치기도 하고요. 사실 그 과정이 당연한 건데 당시에는 많이 싸웠죠."

해솔 "두 분 너무 친남매 같네요. (웃음)"

정석 "그때는 영화 때문에 더 예민한 시기였어요. 영화 후반부 작업을 한국에 계신 다른 분과 하고 있었는데, 순례 전에 작업이 당연히 끝나겠지 싶었던 게 마무리가 안 됐거든요. 그 상태로 순례를 시작하게 돼서 스트레스를 많이 받았어요. 순례 중에도 한국에 수시로 전화해서 작업 상태를 물어보게 되고요. 그렇게 산티아고까지 걸어가는 과정이 결혼 과정과 비슷하다고 생각하게 됐어요. 역경을 같이 이겨내 보자는 의도였으니까 더 그랬죠."

해솔 "그러면, '이 사람과 맞을까'에 대한 고민이 아니라 같이 역경을 이겨내 보고 싶으셨다는 거죠?"

미연 "사실 서로 안 맞는 건 이미 알고 있었어요. (웃음)"

정석 "잘 안 맞는 부분이 있음에도 결혼하고 싶다고 생각하게 된 과정이 너무 좋았어요. 예를 들어 저는 다툼이 생기면 꿍해 있는 타입이거든요. 반대로 미연이는 싸우더라도 빨리 풀어요. 제 주변에 이런 사람이 별로 없거든요. 싸우고 푸는 과정이 좋아서 결혼까지 하게 됐는데, 순례길도 그 갈등을 푸는 과정이어서 믿음이 있었던 것 같아요."

해솔 "제가 첫 번째 순례를 포함해서 많은 커플 순례자를 봐 왔지만, 피니스테레에서 두 분과 같이 내려올 때의 기억이 너무 좋고, 제가 찾고 있던 관계의 답을 두 분이 가지고 계신 것 같아 인터뷰를 부탁드렸던 거예요. 그럼 다음으로, 두 분이 순례할 때 있었던 특별한 경험이나 깨달음이 있으신가요?"

미연 "거창한 건 아니지만, 신기했던 일이 있어요. 저는 순례길에서 카메라를 들고 다녔어요. 한번은 카메라 배터리가 없는 거예요. 너무 당황해서 밥을 먹었던 레스토랑도 가보고, 걸어온 길을 거의 1km 정도 거꾸로 걸어갔어요. 그 배터리를 찾으려고요. 그런데 마주치는 사람들이 저보고 계속, 생장 피에 드 포르 (순례길 시작점) 다시 가냐고 물어보는 거예요. (웃음)

그런 게 아니라고 얘기하면서 한참을 거꾸로 가다 보니, 한 순례자분이 진짜 기적처럼 길에서 배터리를 주워서 오시다가 이거 찾느냐며 주시는 거예요. 그때 너무 소름이 돋아서, 한국도 아닌 유럽에서 그게 가능하다는 게 너무 신기했어요."

정석 "누군가 그걸 발견하고 주워서 가져다준다는 게 너무 신기하죠. 배터리를 찾고 신나 하던 미연이의 표정이 아직도 기억나요. 산티아고까지 정말 얼마 안 남은 지점이었는데, 사람들이 다시 생장 피에 드 포르까지 돌아가냐고 물어보던 게 너무 웃기기도 했죠."

해솔 "(웃음) 산티아고에 도착한 뒤 다시 생장 피에 드 포르로 걸어서 돌아가는 분들이 가끔 계시긴 하대요. 정석 님은 특별했던 경험이나 깨달음이 있으신가요?"

정석 "저는 영화 때문에 스트레스를 받으면서 걸었다고 말씀드렸는데, 만나는 사람들이 해주는 이야기들에 위로받았던 게 가장 좋았어요. 예를 들어 아들이 죽어서 순례길을 걸으러 오신 분이 계셨는데, 죽음을 이겨내기 위해 행복하게 웃으면서 걸으시더라고요. 저는 감당할 수 없을 만큼 큰 슬픔이셨을 텐데 말이죠. 그때 저 자신을 돌아보게 됐어요. '나는 부모님께 어떻게 행동하고 살았지?' 이렇게요.

그것 말고도 육체적인 고통을 통해 정신적인 고통을 이겨내면서 머리가 맑아지는 기분도 좋았어요. 미연이와 함께 걷게 되면서 사랑한다는 느낌을 넘어 이제 정말 가족이라는 기분이 들었던 것도 좋았고요."

해솔 "두 분이 같이 역경을 이겨내 보자는 생각으로 걸었다고 하셨잖아요? 그러면 다 걷고 나서는 어떤 생각이 드셨어요?"

정석 "순례가 끝날 때까지 서로 기다려주는 게 너무 좋았어요. 눈빛만 보고도 서로가 맞춰주는 게 참 좋았죠. 상대가 힘들어 보이면 조금 쉬었다 가자고 말하는 것처럼요. 수고했다고 말로만 하는 것보다, 서로가 행동으로 배려 해주고 있다는 게 느껴졌죠.

영화를 찍는 과정과 비슷하다고 생각했어요. 영화 찍다 보면 많이 싸우거든요? 저는 감독이고, 미연이도 프로듀서를 담당하니까요. 영화는 정답이 없는 과정이에요. 한 장면을 여러 번 찍어요. 찍을수록 연기가 좋아질 수도 있고 나빠질 수도 있는 건데, 그 장면 중에 제가 생각했을 때 제일 좋다고 생각되는 장면을 모아서 작품으로 보여주는 거예요.

미연이와 제가 괜찮다고 생각하는 장면이 서로 다를 때 많이 싸우게 되는데, 완성이란 그걸 맞춰가는 과정이거든요. 순례길은 조금 더 긴 호흡으로 서로와 싸우면서 맞춰 나가는 과정이었던 것 같아요."

해솔 "너무 좋네요. 그럼 산티아고 순례를 다녀오신 다음, 삶의 변화가 있으셨을까요?"

정석 "예전보다 사소한 것에 예민하게 반응하지 않는 거요. 예를 들어 커피를 쏟는 일처럼 별 거 아닌 것에 짜증을 쉽게 냈다면, 순례를 다녀온 다음에는 좀 더 여유를 가지고 서로를 이해하게 되는 거죠. 저는 순례길을 걸을 때도 예민함이 좀 심했어요. 노트북도 챙겨 오고."

미연 "맞아, 맞아. 지금도 그래. 보부상처럼 맨날 들고 다니는 짐이 많아."

해솔 "오늘도 챙겨 오신 거 아니에요? (웃음)"

정석 "(웃음) 네, 그래도 지금은 경량형이에요. 순례 전에는 스스로에게 스트레스를 많이 줬던 것 같아요. 순례하고 나서 그게 참 많이 나아졌죠.

제가 입시를 할 때 연극영화과를 가고 싶어서 삼수까지 했거든요. 좀 더 나은 학교와 환경을 추구하면서요. 그런데 시간이 지날수록 성적이 계속 떨어지고 결국 삼수도 잘 안 됐어요. 그러다 운이 좋게 학교에 가서 영화를 찍게 됐죠. 막상 영화를 시작하니까 그런 건 사실 별로 상관이 없는 거예요. 본인이 영화를 잘 찍기만 하면 되는 거니까요. 입시는 아주 예전 일인데 순례길에서 그 생각이 참 많이 나더라고요. 제 인생에 가장 힘들었던 시기가 그때라서 그런가 봐요. 지나면 아무것도 아니라고, 계속 그렇게 스스로 위로하면서 순례길을 걸었어요. 그러고 나니까 순례 후에는 좀 덜 예민해졌죠."

해솔 "조금 덤덤해지는 법을 배워오신 것 같아요. 미연님은요?"

미연 "저는 순례길을 걷기 전에 여유가 없고 항상 급했어요.

그 이유 중에는 연극영화과로 진학한 것도 있었어요. 영화를 계속한다면 돈을 못 벌 것 같은 거죠. 그래서 '전과해야 하나? 아르바이트해야 하나?' 생각해왔는데 산티아고 순례를 가면, 스페인 시에스타(스페인은 점심시간 이후 쉬는 시간이 정해져 있고 상점이 2시간가량 문을 닫는다)를 경험하게 되잖아요? 그때 많은 걸 느꼈어요.

저희는 항상 늦게 출발했거든요. 거의 오전 10시쯤? 폭염은 전혀 개의치 않았어요. 그런데 목적지에 도착할 때쯤 시간대가 시에스타여서 저희는 배가 고파 죽겠어도 마트 문이 닫혀 있고 레스토랑도 닫혀 있는 거죠. 신기하게도 이게 한번 적응되고 나니까, 상황을 받아들일 수 있게 되더라고요. 여유가 생기는 거죠."

정석 "듣다가 생각 난 건데, 미연이가 저랑 결혼을 안 하고 싶었던 이유 중 하나가 돈을 못 벌 것 같다는 거였거든요. 그런데 미연이가 산티아고 다녀와서 마인드가 확 바뀌었어요."

해솔 "어떻게 바뀌었는데요?"

미연 "순례 끝나고 나서는 '돈 안 벌어도 되지 않나?' 이런 생각으로 바뀌었죠. 생활비 정도 벌고 유지해도 되는데 왜 굳이 노후를 위해 악착같이 돈을 벌려고 했을까 싶은 거죠."

정석 "당연히 누구나 많은 돈을 벌고 싶지만, 저희가 영화를 꾸준히 하다 보면 나중에 돈이 따라올 거라고 생각하게 된 거죠. 크게 영화를 하다 보면 실패할 확률도 높아지거든요. 그러면 이후로 그 감독에게 투자를 잘 안 하게 돼요. 그런 것보다, 소소하지만 내가 좋아하는 것들을 찍으면서 살다 보면 나중에 많이 벌게 되지 않을까 싶은 거죠."

해솔 "덕업일치 같은 거네요. 그리고 미연님, 조금 참고 사는 성격이셨죠?"

미연 "네, 맞아요."

해솔 "산티아고 순례를 다녀와서 바뀐 포인트가 저랑 비슷하신 것 같아서요. 저도 인종차별을 당하면 참고 넘기는 경우가 많았는데 두 번째 순례 도중에 터져서 화를 낸 적이 있거든요. 그런데 너무 개운한 거예요. 갑자기 든 생각이 '왜 나는 계속 참고 살았지?' 였어요.

저는 말을 다 하고 산다고 생각했는데, 정작 중요한 내 마음은 깊이 눌러 놓는 경우가 많았나 봐요. 저는 그 변화가 너무 좋아요."

미연 "산티아고 순례 전부터 조금 깨닫고 있었는데, 순례 이후로 확 터진 것 같아요. 사람들한테 좀 더 솔직해지고, 표현하게 된 것 같아요."

정석 "저와 만나기 전의 미연이는 조용한 성격이었는데, 순례 이후에 처음 보는 사람한테도 솔직하게 말하더라고요."

미연 "시부모님한테도 하고 싶은 말을 다 하게 됐어요. 시부모님이 제 말을 좋게 봐주시고 또 웃으시니까 저도 더 편하게 표현하게 되고요."

해솔 "좋네요. 그럼 혹시 부부로서, 커플로서 같이 순례길을 걸으려고 하는 다른 순례자가 있다면 해주고 싶은 말이 있으실까요?"

미연 "가볍게 가라! 저는 그걸 많이 느껴서요. 짐의 무게도 그렇고, 마음도 그렇고요."

해솔 "공감 가는 게, 저는 순례길을 두 번 다녀왔지만 너무 심각하게만 다녀왔거든요. 그러다 보니 다음에 한 번 더 순례길을 가게 된다면, 먹고 놀고 가볍게 가고 싶어요."

미연 "걱정이나 근심 없이 걷는 것! 그래도 어쩔 수 없이 생각나는 게 있지만, 그런 것도 없으면 좋을 것 같아요."

해솔 "제가 두 분을 인터뷰하면서 처음 기대한 것과 느낌이 달라졌어요. 두 분의 영화 〈여름날〉은 가볍기만 한 영화가 아니었거든요. 그래서 저는 두 분은 고뇌하며 걸었을 거라고 생각했어요. 그런데 너무 무겁지 않게, 가볍게 걸었으면 좋겠다고 하신 말씀이 이 인터뷰의 핵심이라고 생각해요. 오히려 제 기대와 달라서 더 좋았습니다. 인터뷰 너무 감사드립니다."

Outro, 순례길은 이어진다

나와 아버지는 아버지께서 돌아가시던 순간까지 서로를 이해하지 못했다. 그 상처가 내게는 무엇과도 비교할 수 없이 컸다. 이제 더 이상 당신께 인정받을 수 없다는 슬픔은, 결국 순례길의 끝인 피니스테레^{Finisterre}에서 감정이 폭발하는 계기가 되었다.

그동안 서운했던 마음을 피니스테레에서 펑펑 울며 풀어낸 뒤 부모님께서도 완벽하지만은 않은 모습이 있음을 받아들일 수 있었다.

생각보다 삶에서 바꿀 수 있는 게 많지 않다는 것을 나는 순례길에서 깨달았다. 불행을 기꺼이 마주하고 삶의 태도를 스스로 결정한다면, 내 삶은 가치 있게 빛날 것이라고 믿게 되었다.

내가 산티아고 순례길에서 느낀 가장 중요한 것은, 매일 새벽부터 성실하게 걸으며 평범하게 마주했던 일상에 의미를 부여하는 일이다. 알베르게에 짐을 풀고 샤워를 한 뒤 한 모금의 맥주를 마시는 순간은 행복이 복잡한 곳에 있지 않음을 알게 해주었다. 비슷한 감정과 가치관을 공유했던 사람들과의 대화는 그 행복을 더 가치 있게 만들어주었다.

산티아고 순례길 이후, 나는 공인노무사 시험 준비라는 새로운 길을 걸었다. 새벽녘 이른 시간에 신림으로 지하철을 타고 가다 보면 스스로가 연어처럼 느껴질 때가 있었다. 다들 강물에 자연스럽게 흘러가듯 익숙한 삶을 살아내는 그 안에서, 물길을 거스르는 연어 말이다.

비록 3년간 걸어간 그 길의 끝에서 처음 의도와는 다른 결과를 받게 되었지만, 여전히 나의 순례길과 삶은 이어지고 있다. 프로스트의 시 〈가지 않은 길〉에서 '오프로드'를 선택하고 매일 걸어 나간 결과로, 노무사 대신 예상치도 못했던 작가가 되었다.

나의 목표는 더 이상 '무언가가 되는 것'이 아니다. 삶은 한 치도 예측할 수 없기 때문이다.

어떻게 살아갈지 방향의 기준을 내가 정하고, 나의 멋으로 살아가는 게 지금 나의 꿈이다. 그러다 보면 순례길에서 깨달았듯, 같은 가치를 추구하는 사람들 속에서 '오프로드'가 '온로드'로 변하는 기적을 맞이하게 될 것이다. 어떤 길을 선택하든 순례자가 결국 산티아고에 도착하듯이.

이 책을 읽고 있는 독자 역시 마찬가지로 삶을 진지하게 고민하고, 자신만의 '오프로드'를 용기 있게 선택한 사람일 것이다. 그 외로운 길이 스페인 산티아고 순례길에서 '온로드'로 변하는 기적을 체험하길 바란다.

나의 이야기가 당신을 산티아고 순례길로 부르는 초대장이 되었으면 좋겠다.

나는 왜 산티아고로 도망갔을까

초판 1쇄 발행 | 2023년 07월 21일

지 은 이   이해솔
발 행 인   김인후
편   집   장혜리
마 케 팅   박영철
디 자 인   이시온

주   소   서울시 은평구 통일로1034, 판매시설동 228호
문 의 전 화   02-322-8999
팩   스   02-322-2933
블 로 그   https://blog.naver.com/eta-books
발 행 처   이타북스
출판등록   2019년 6월 4일 제2021-000065호
I S B N   979-11-6776-370-9   03810